HÉRITAGE DE SANG

UNE AVENTURE DE FANTASY URBAINE

LA TRILOGIE MAGIE DE SANG
TOME TROIS

MARIE-HELENE LEBEAULT

MENTIONS LÉGALES

PROLOGUE

VARDO, Finnmark, 1663

— Comment empêcher les Sorcières de nous jeter des maléfices, à nous et aux villageois, pendant qu'elles sont sur le bûcher, en attendant de brûler, murmura l'un des gardes, observant les dix-huit femmes au fond du trou des Sorcières.

— Le Roi a suggéré une saignée. Suffisante pour les affaiblir, mais pas assez pour leur ôter la vie. Ces mégères doivent subir les conséquences de leur alliance avec le diable, répondit Brön, l'un des médecins du Roi.

— Qu'est-ce qui empêchera celle qui subit la saignée de jeter un sort ? poursuivit le garde.

— D'une part, nous le ferons pendant leur sommeil. D'autre part, elles seront toutes saignées en même temps, répondit l'homme aussi patiemment qu'il le pouvait. Il méprisait les gens du commun et détestait être envoyé pour des tâches aussi déplaisantes.

— Mais ne se réveilleront-elles pas à cause des blessures ? demanda le garde. Il était curieux, Brön devait le reconnaître. Il soupira.

— Pas si elles boivent la potion que nous mettrons dans leur ration d'eau quotidienne.

1

Les yeux du garde s'écarquillèrent, et il se tapota le nez en faisant un clin d'œil.

— Vous êtes un malin, Monseigneur.

Brön ne répondit pas. Il attendit qu'on lui apporte le seau. À son arrivée, il versa la potion soporifique à l'intérieur et la mélangea avec une cuillère en bois. Avec précaution, le garde prit le seau, l'attacha à la corde et le descendit dans le trou.

— Je serai de retour dans une heure, annonça Brön.

LA POTION AVAIT ENDORMI les Sorcières. C'était un bon plan. Même si elles avaient pu la goûter ou la sentir dans l'eau, c'était la seule eau qu'elles recevaient. Ainsi, le plan avait réussi. Examinant les auges en bois pendant qu'ils travaillaient, le garde interrogea Brön davantage.

— Elles servent à recueillir le sang, s'empressa d'expliquer Brön.

— Mais pourquoi ? demanda le garde tout en coupant le poignet d'une Sorcière au-dessus de l'auge, en comptant comme Brön l'avait instruit ; comptant pour s'assurer qu'assez de sang était prélevé pour affaiblir les Sorcières.

— Si nous laissons le sang s'infiltrer dans le sol, il pourrait s'écouler dans la rivière et contaminer le village, expliqua Brön. Arrêtez de poser des questions et concentrez-vous sur votre comptage. Nous ne voulons pas qu'elles meurent, souvenez-vous ?

— Oui, Monseigneur, répondit le garde d'un ton bourru.

C'était une tâche ingrate. Le trou sentait la sueur, l'urine et les excréments. Brön détestait toucher les corps immondes et crasseux de ces créatures impies. Ils ne pouvaient porter qu'une seule torche, chargés comme ils l'étaient, avec les auges et le seau. Chaque auge était vidée dans le seau et essuyée avec un chiffon.

Quand la tâche fut terminée, ils laissèrent les Sorcières endormies. À leur réveil, elles verraient les chiffons noués autour de leurs poignets et sentiraient les coupures sur leur peau. Cependant, elles seraient trop faibles pour opposer beaucoup de résistance lorsqu'on les conduirait au bûcher et à leur damnation éternelle.

CHÂTEAU DE FREDERIKSBORG, Danemark, 1663

Niels, le médecin en chef du Roi, avait rassemblé ses acolytes dans une pièce qu'aucun d'entre eux n'avait jamais visitée dans les entrailles du château. Il y faisait froid, sombre et très humide. Brön pouvait distinctement entendre le bruissement des rongeurs dans leur voisinage immédiat. Il frissonna à cette pensée.

Niels lui tendit la main et saisit l'outre en cuir que Brön avait utilisée pour transporter le sang des Sorcières depuis la Norvège.

— Ceci est le sang des Sorcières, dit-il en levant l'outre pour que tous puissent la voir. La plupart des médecins haletèrent et reculèrent.

— Nous sommes chargés de l'étudier et de faire rapport de nos découvertes au Roi, déclara-t-il.

— Dans quel but ?

— On suppose que ces mégères ont conclu un pacte avec le diable, et ainsi leurs enfants ont été épargnés. Mais le Roi croit, tout comme moi, que ces femmes sont maudites dès la naissance, ainsi que toute leur lignée. Donc, en l'étudiant, si nous pouvons trouver quelque chose dans leur sang qui diffère de notre sang, alors toutes les Sorcières pourront être traquées et éliminées.

Les hommes acquiescèrent, comprenant. L'un d'eux exprima la pensée que beaucoup d'entre eux n'avaient pas osé formuler.

— Niels, pourquoi ne pouviez-vous pas discuter de cela à la salle de chirurgie ? demanda-t-il.

— Cette affaire doit être traitée dans le plus grand secret. Personne en dehors de cette pièce, hormis le Roi, bien sûr, ne doit être au courant de nos expériences ou de leurs résultats, avertit Niels.

Les acolytes hochèrent gravement la tête.

— En fait, vous devez le jurer ici et maintenant. Si vous rompez votre serment, le Roi fera massacrer vos familles.

En succession rapide, les six médecins jurèrent le secret. Niels versa des échantillons de sang dans des fioles de verre bouchées et les fit circuler.

— Prenez soin de cacher vos expériences et vos découvertes. Nous

nous réunirons ici chaque semaine jusqu'à ce que nous ayons des preuves concluantes pour le Roi, dit Niels avant de les congédier.

Brön empocha une fiole, s'inclina devant Niels et quitta la chambre. C'était un tournant intéressant. S'il pouvait être celui qui guérirait le monde du fléau des Sorcières, le Roi le récompenserait généreusement.

CHAPITRE UN

Tom, Zaina et Arturo débattaient de la suggestion de Tom selon laquelle ils avaient besoin d'aide. Après que Mandy ait été kidnappée et emmenée dans ce qui était probablement le repaire du Maître, le trio avait suivi sa piste, déterminé à la secourir au plus vite.

En l'état, le petit château était sous haute surveillance. Il était également entouré d'un mur de pierre de trois mètres et de barrières magiques empêchant quiconque tenterait l'escalade, ou le survol comme Arturo l'avait essayé, d'y entrer.

Ils avaient localisé Mandy grâce à la Porte de Voyage de Tom. Même s'il n'y avait pas eu de barrières magiques, ils n'auraient pas pu ouvrir une Porte vers l'emplacement exact de Mandy. Les Voyageurs ne pouvaient pas ouvrir de Portes dans des maisons privées ou des lieux publics bondés comme les musées ou les événements en plein air.

— Quand tu dis « obtenir de l'aide », tu parles des professeurs ou de certains de nos autres amis ? demanda Zaina. Malgré son comportement extérieurement brusque envers Mandy, et envers tout le monde en réalité, elle ne pouvait pas cacher le fait qu'elle avait un faible pour les faibles et les opprimés.

Tom haussa les épaules.

— Je veux dire... les profs à Harding sont plutôt cool, et ils ont probablement plus d'expérience que les élèves. Honnêtement, je vous fais confiance à *vous*, dit-il en faisant référence à ses nouveaux amis de Harding, mais je ne suis pas sûr pour les autres. C'est mon combat, et je ne peux pas demander à qui que ce soit de risquer sa vie en toute conscience.

— Tu ne nous as pas demandé notre aide, répliqua Zaina.

— Exactement ! Je n'ai pas pu vous empêcher de venir, et je ne peux certainement pas vous forcer à faire quelque chose que vous ne voulez pas faire. Mais il est impossible que nous trois entrions là-bas et récupérions Mandy sans nous heurter à une armée de Sorciers. On ne peut pas le faire seuls.

— Tom a raison. Toi et moi sommes les élèves les plus forts et les plus puissants de Harding. Nous avons besoin de l'aide de personnes qui savent à quoi elles s'attaquent et comment y faire face. D'ailleurs, toute la faculté doit être en effervescence maintenant. Ils doivent déjà planifier un sauvetage. Une des élèves a été enlevée sur le terrain de l'école ; je serais surpris qu'ils n'aient pas déjà contacté les parents de Mandy ainsi que le CEMB, dit Arturo.

— Ils ne savent pas que Mandy a été enlevée. Tout ce qu'ils savent, c'est que *quatre* élèves ont disparu dans un gouffre. Quand Benny est parti, Mandy, Tom et moi étions dans le trou. Quand ils ne nous y trouveront pas, ce sera l'enfer, dit Zaina.

— Merde. Tu as raison. Et s'ils appellent ma mère ? Je ne pense pas qu'elle puisse supporter un autre événement traumatisant. Nous devons retourner. Maintenant ! Allons-y ! dit Tom, en sortant sa Clé.

— D'accord, concéda Zaina, en se tournant pour regarder le château. Elle semblait inquiète mais aussi énervée. Partons avant qu'ils n'envoient une équipe de recherche et que nous perdions l'effet de surprise.

Tom ouvrit une Porte et ils sortirent devant l'entrée principale de l'école. Ils n'étaient partis que depuis une vingtaine de minutes, mais déjà l'école bourdonnait de discussions sur le gouffre. Ils attiraient les regards en marchant dans le couloir vers le bureau de la Directrice.

Ils trouvèrent Benny debout juste devant la porte, l'oreille collée contre celle-ci.

— Qu'est-ce qui se passe ? demanda Zaina.

Le visage de Benny s'illumina quand il les vit. Il se dirigea immédiatement vers Tom et lui fit un gros câlin. — Je suis si heureux de vous voir ! Nous pensions que vous aviez été kidnappés ! dit-il en se tournant vers Zaina. Le regard qu'elle lui lança l'empêcha de l'étreindre, et il lui tapota maladroitement l'épaule. Arturo tendit le poing et Benny le cogna du sien. Où est Mandy ?

Arturo ignora la question et en posa une autre. — Ils pensent que nous avons été kidnappés ? répéta-t-il.

— Euh, oui. Désolé. Après vous avoir vus, j'ai été chercher Mlle Clementine. Elle et quelques professeurs sont venus enquêter puisque les barrières magiques auraient dû empêcher l'entrée de quiconque ayant de mauvaises intentions. Quand nous sommes arrivés au trou et qu'ils ont vu le tunnel, ils ont compris comment le périmètre avait été franchi. Les barrières ne nous protègent qu'au-dessus du sol. Quoi qu'il en soit, quand nous n'avons pas pu vous localiser, les professeurs se sont répandus sur le terrain et à l'intérieur de l'école pour s'assurer qu'il n'y avait pas d'autres tunnels menant à l'école. Ils n'ont trouvé aucun autre tunnel, mais comme vous étiez toujours portés disparus, ils se disputent sur la marche à suivre depuis...

— Je vois, répondit Zaina. Désolée de t'avoir laissé en plan, Benny, mais nous ne voulions pas perdre la piste de Mandy.

— Que veux-tu dire par « la piste de Mandy » ? Où est-elle ? A-t-elle été blessée ? Est-elle à l'infirmerie ? demanda Benny, les yeux affolés, scrutant les couloirs à la recherche de leur amie disparue.

— Nous pensons que le Maître l'a prise. Nous savons où elle est, mais nous allons avoir besoin d'aide pour la sortir de là, répondit Tom. Allez, Benny, tu pourras en entendre parler en même temps que les professeurs, dit-il, tandis que Tom et ses amis se précipitaient vers le bureau de Mlle Clementine.

Tom frappa à la porte. Les voix devinrent immédiatement silencieuses, et Lady Mathilda ouvrit la porte.

Elle porta une main à son cœur et exhala de soulagement. — Dieu merci, vous êtes sains et saufs, dit-elle en les voyant. Entrez, entrez, les pressa-t-elle, posant une main sur la tête de chacun d'eux alors qu'ils passaient. Où est Mandy ?

Elle les escorta dans le bureau de Mlle Clementine. Tom n'y était allé que deux fois auparavant. Une fois lors de son inscription avec sa mère et une autre fois lorsqu'il avait partagé des souvenirs avec Mlle Clementine, le Professeur Montague et le Professeur Bellamy. C'était beaucoup plus grand que les autres bureaux que Tom avait vus à l'Académie Harding.

Le bureau de travail de Mlle Clementine était installé dans une alcôve dans le coin droit au fond de la pièce. Pendant la journée, les fenêtres allant du sol au plafond fournissaient un éclairage naturel abondant grâce à l'exposition sud-est. Ce soir, il n'y avait qu'un mince filet de clair de lune.

La Directrice était assise avec quelques enseignants dans son grand salon à l'avant de son bureau. C'était là qu'elle tenait des réunions informelles avec le personnel, les parents et les élèves. Elle disait que cela mettait les gens plus à l'aise que de lui faire face à son bureau. C'était en effet une disposition confortable.

Actuellement, les Professeurs Hilltop, Bellamy et Montague étaient présents et ils semblaient tout sauf à l'aise.

Elle se leva quand Tom et ses amis entrèrent. Quand Tom était sur le point d'expliquer, elle tendit la main : — Ce sera plus rapide, je crois. Tom plaça sa main dans la paume de la minuscule Sorcière et ferma les yeux. Il se concentra sur les événements de la soirée.

Mlle Clementine relâcha sa main et, avant que Tom n'ait ouvert les yeux, elle était passée à Zaina, puis à Arturo.

— Asseyez-vous, voulez-vous ? dit-elle en faisant un geste derrière elle tout en appelant Lady Mathilda. La Haute Elfe se leva et vint serrer les mains de la Directrice. Probablement que la Haute Elfe avait lu dans leurs pensées lorsqu'elle avait placé une main sur leur tête à leur entrée. Tom se demandait si elle avait obtenu quelque chose de lui étant donné qu'il ne lui avait pas intentionnellement donné accès.

Lady Mathilda et Mlle Clementine se tenaient ensemble et hochèrent la tête, desserrant leurs mains. Tom savait que Lady Mathilda partagerait les informations qu'elle avait recueillies avec le

Directeur Lianon et tout autre Haut Elfe concerné comme ceux qui siégeaient au CEMB.

Mlle Clementine invita tous les présents à se joindre à eux en se tenant la main et demanda au Professeur Bellamy de leur montrer les moments forts. Les Hauts Elfes pouvaient également partager leurs connaissances avec d'autres par le toucher. Si le groupe se tenait la main, tout le monde obtiendrait l'information. Cependant, cela fonctionnait mieux avec des faits simples. Pour cela, avoir le Professeur Bellamy les guider à travers les événements les aiderait à rejouer et à observer en plus grand détail.

Les souvenirs commencèrent dans le champ. Chacun vit le cercle de feu s'abaisser de deux mètres sous terre. Puis, la station-service où ils virent Mandy partir en voiture. Enfin, ils furent transportés dans leur esprit jusqu'au château. La scène ne cessait de changer entre le point de vue de Tom, celui de Zaina, et la vue aérienne d'Arturo.

Zaina lança à Tom un regard qui capturait exactement ce que Tom ressentait ; c'était super flippant de regarder à travers les yeux des uns et des autres. Cependant, cela donnait à tous une excellente vue d'ensemble de l'endroit.

— Est-ce que quelqu'un connaît cet endroit ? s'enquit Mlle Clementine.

Personne n'avait vu le château auparavant. — Mathilda, peux-tu demander aux Hauts Elfes au sujet de l'emplacement ? demanda Mlle Clementine. Lady Mathilda hocha la tête et ferma les yeux un instant puis revint, secouant la tête en signe de négation. C'était fascinant de voir que les Hauts Elfes pouvaient communiquer par télépathie si rapidement, et à travers des mondes. Bien que le CEMB soit basé à Londres, l'Académie et les Îles d'Été, la patrie des Hauts Elfes, étaient sur des mondes complètement différents.

— Avez-vous appelé nos parents ? demanda Tom en déglutissant.

Mlle Clementine et Lady Mathilda échangèrent un regard. Les professeurs s'agitèrent sur leurs sièges, s'éclaircissant la gorge et évitant le contact visuel.

— Pas encore, mon cher. Comme cela fait moins d'une heure, nous avons pensé qu'il valait mieux nous assurer que vous étiez vraiment disparus avant de passer des coups de téléphone hâtifs.

— D'accord, mais maintenant que vous savez que Mandy a été enlevée, vous allez sûrement appeler ses parents pour les prévenir.

— Comme Mandy est majeure, nous ne sommes pas tenus d'informer ses parents si elle manque le couvre-feu, répondit Mlle Clementine, lançant un regard en biais à Lady Mathilda.

Zaina regarda Tom, Arturo, puis Mlle Clementine. — Elle n'est pas sortie au pub du village ! rétorqua Zaina, se levant de son siège. Elle a été enlevée par un horrible Sorcier !

Lady Mathilda vint aux côtés de Zaina et posa une main sur l'épaule de la jeune fille. Sa réponse calme et patiente aurait apaisé la plupart des élèves. Mais pas Zaina. Elle fixait la magnifique Haute Elfe, la mâchoire serrée et les bras croisés.

— Nous avons fouillé l'école et les terrains dès que Benny est venu nous prévenir. Nous avons également envoyé des membres du corps enseignant au village et dans la région entourant l'école. Comme l'a dit Mlle Clementine, elle est absente depuis moins d'une heure. Nous ne pouvons pas appeler les autorités avant qu'elle n'ait été portée disparue depuis quarante-huit heures.

À ce stade, le Professeur Hilltop se leva. — Le tunnel s'est effondré. Nous avons traversé les débris pour nous assurer que vous n'étiez pas coincés de l'autre côté. Il n'y avait aucun signe de lutte. Quand nous n'avons pas pu vous localiser, nous avons supposé que vous aviez utilisé la Porte de Tom.

— Vous n'avez pas vraiment vu Mandy se faire enlever par le Maître, n'est-ce pas ? demanda le Professeur Montague, qui était resté silencieuse jusqu'à présent.

— Eh bien, non, répondit Zaina, son assurance fléchissant un peu.

— Bien que je sois d'accord pour dire que le Maître doit être impliqué, la seule chose que vous avez vue était un homme qui ressemblait à une taupe creuser un tunnel à travers le champ et sortir de terre à l'autre bout. Et lui et Mandy sont montés dans une voiture noire. C'est bien ça ? demanda le Professeur Hilltop.

Tom et Zaina regardèrent Arturo qui haussa simplement les

épaules. Il n'avait jamais mentionné que le ravisseur de Mandy ressemblait à une taupe, mais Tom devina que cela avait du sens s'il était capable de creuser un tunnel aussi rapide sous un terrain de cent cinquante mètres.

— C'est exact, répondit Arturo quand personne d'autre ne prit la parole.

— Je suggère que nous nous mettions au travail sur un sort de localisation pendant que nous attendons des nouvelles du CEMB, dit le Professeur Montague se dirigeant vers la table qu'ils avaient utilisée lors de la dernière visite de Tom.

Elle consulta sa montre ancienne et dit : — Zaina, pourrais-tu aller dans la chambre de Mandy et dire à sa colocataire qu'elle ne se sent pas bien et qu'elle passe la nuit à l'infirmerie, et que tu récupères quelques affaires pour elle ? Cela devrait faire d'une pierre deux coups.

Zaina semblait réticente à partir. Mais elle fit ce que son professeur lui avait demandé.

— Benny, mon cher, pourrais-tu aller dans ma salle de classe et chercher la boîte qui se trouve dans le tiroir en bas à droite ? dit-elle ensuite.

— Oui, Professeur, répondit Benny et il quitta la pièce en courant.

Pendant que le Professeur Montague préparait tout, Mlle Clementine demanda à Tom et Arturo d'accompagner le Professeur Hilltop au gouffre afin qu'il puisse être remis en état. Maintenant que tout le monde était présent, ils ne voulaient pas que d'autres élèves tombent dedans et se blessent.

— Mais pourquoi devons-nous aller avec le Professeur Hilltop ? demanda Tom.

— Pour que vous puissiez apprendre le sort, bien sûr, répondit-elle avec un sourire.

Tom regarda Arturo. — Tu connais le sort pour déseffondrer un trou ?

— Je crois que oui, répondit-il avec suffisance.

— Alors tu sais qu'il est mieux exécuté par deux Sorciers ou plus, dit le Professeur Hilltop, tenant la porte ouverte et leur faisant signe de le suivre.

CHAPITRE DEUX

Tom suivit le professeur Hilltop et Arturo par l'entrée principale pour retourner sur la scène du crime. Il ne pouvait se défaire de l'impression que le professeur Montague voulait se débarrasser d'eux, et il aurait aimé être une petite souris pour entendre la conversation qui aurait lieu après leur départ.

Le professeur Hilltop leur fit prendre position autour du trou en écartant les bras. Il avait écrit le sort sur un morceau de papier pour que Tom puisse le mémoriser. Ce n'était pas difficile, et se concentrer sur le sort lui permit de ne plus penser à ses autres inquiétudes.

— D'abord, rassemblez votre énergie dans votre ventre. Ensuite, projetez-la à travers vos mains, comme si vous tendiez les bras vers moi et Arturo. Cela créera un cercle de pouvoir que nous pourrons utiliser pour remettre en place la parcelle de terre effondrée.

Tom suivit les instructions mais fut déçu de ne pas ressentir la vague d'énergie qu'il attendait. Néanmoins, le foyer s'éleva lentement tandis que le sol sous ses pieds tremblait, jusqu'à ce qu'il soit au même niveau que le reste de la pelouse. Puis, tout se stabilisa. En regardant vers le bas, Tom ne pouvait plus voir la ligne où la section s'était détachée. C'était comme si rien ne s'était jamais produit. Avec précaution, il posa un pied dessus et appuya. Le sol tint bon.

— Tu peux baisser les bras, Tom. On a terminé, dit Arturo. Il souriait à Tom, amusé de le voir marcher puis sauter sur l'herbe.

— Je ne pense pas avoir été d'une grande aide, dit-il au professeur Hilltop. Je n'ai pas senti d'énergie sortir de moi.

— Il est probable que ton don principal soit ta Magie de sang. Mais tout le monde peut projeter de l'énergie et maintenir une intention. Même ceux qui n'ont pas de magie, répondit le professeur.

Tom hocha la tête, cela avait du sens. Il avait été capable d'utiliser des sorts en classe sans ressentir de sensations étranges, pas comme lorsqu'il faisait appel à sa Magie de sang. Il continua à réfléchir tandis qu'ils retournaient au bureau de la directrice.

— Arturo ? demanda Tom, alors qu'une idée lui venait à l'esprit.

Arturo, qui discutait avec le professeur Hilltop, se retourna et s'arrêta en voyant que Tom avait fait une pause.

— Ouais ?

— As-tu lu les livres sur la Magie de sang ?

— Je les ai feuilletés, répondit-il en faisant signe à Tom de marcher avec lui.

— Est-ce que l'un d'entre eux expliquait d'où elle venait ? demanda Tom.

À cette question, le professeur Hilltop ralentit le pas et se mit au niveau des garçons.

— Je crois pouvoir répondre à cette question, dit-il. Après que vous avez été mis hors d'état de nuire par le bracelet enchanté, j'ai fait quelques recherches moi-même. En fait, j'ai demandé à Arturo de parcourir certains livres avec vous, puisque je vous avais vus ensemble.

— Je veux être l'assistant d'enseignement du professeur Hilltop l'année prochaine, répliqua Arturo en haussant les épaules.

— Il semble que vous n'ayez jamais eu l'occasion de les consulter, poursuivit l'enseignant.

— Non, monsieur. Je prévoyais de rencontrer Arturo à la bibliothèque, mais j'ai été retenu, admit Tom.

— Oui, bien sûr. D'après ce que j'ai pu découvrir, la première référence à la Magie de sang date de 1670, à la mort du roi Frédéric. Lorsque le roi Christian a été couronné, on a découvert une correspondance secrète entre le roi Frédéric et son médecin en chef. Celui-ci avait trouvé des preuves concluantes que les Sorcières naissaient avec des pouvoirs magiques et pouvaient les transmettre à leur descendance. Il a créé une force spéciale secrète de Chasseurs de Sorcières, formés pour identifier une Sorcière au goût de son sang. On a retrouvé des registres remplis de noms de Sorcières qui avaient été exécutées discrètement sur ordre du roi.

— C'est horrible ! s'exclama Tom, la nausée au ventre. Il connaissait l'existence des procès des Sorcières, comme tout le monde. Mais c'était un niveau dont il n'avait pas conscience. Je suis désolé, monsieur, mais je ne me souviens pas d'un roi Frédéric...

— C'était le roi du Danemark et de la Norvège. Les procès des Sorcières de Vardø ont été parmi les plus atroces d'Europe. Le fait que le roi Frédéric ait constitué une équipe clandestine pour poursuivre les Sorcières après la fin des procès est l'une des plus grandes horreurs dont j'ai jamais entendu parler.

Arturo et Tom hochèrent la tête.

— Que s'est-il passé ensuite ? demanda Tom.

— Le roi Christian a rappelé les Chasseurs de Sorcières au château, car ils s'étaient répandus dans tout le pays, certains poursuivant leur quête jusqu'en Suède et en Finlande. Ceux qui sont revenus ont été exécutés pour justice populaire. Bien que leurs actions aient été secrètement sanctionnées par le roi, les accusés, qu'ils soient Sorcières, voleurs ou meurtriers, avaient droit à un procès devant leurs pairs.

— Combien sont revenus ? demanda Tom.

— Un seul n'est pas revenu. Et il n'a jamais été retrouvé. Pendant dix ans, le roi a cherché le Chasseur de Sorcières disparu. On l'a présumé mort, et l'affaire a été classée.

— Mais il n'était pas mort ! intervint Arturo.

— Qu'est-il devenu ? insista Tom.

— Le destin du Chasseur de Sorcières relève plus de la légende que des faits, nuança le professeur Hilltop.

— Dites-moi ! dit Tom, un peu trop fort.

— On raconte qu'au lieu de tuer les Sorcières après avoir testé leur sang, il buvait leur sang pour absorber leur pouvoir, répondit Arturo.

Tom trébucha et s'agrippa à la robe d'Arturo pour retrouver son équilibre.

— Tu veux dire, comme un vampire ? articula-t-il difficilement.

— Non. Il les saignait à mort, recueillait un peu de leur sang et le buvait.

Tom mit une main sur sa bouche. Il allait être malade.

Suis-je le descendant de cet homme ?

Sans se rendre compte du malaise de Tom, Arturo continua.

— Selon la légende, une Sorcière a réussi à le maudire avant de mourir.

— Quelle était la malédiction ? demanda Tom avec appréhension.

— Jusqu'à ce qu'une Sorcière tombe amoureuse de lui, et qu'il l'aime en retour, il ne pourrait plus jamais jouir des plaisirs humains, répondit le professeur Hilltop.

— Tu veux dire... dit Tom, en haussant les sourcils suggestivement.

— Sors-toi ces idées de la tête ! Il parlait de la nourriture, des boissons, du sommeil, tout ça, répondit Arturo.

— Donc, elle l'a pratiquement transformé en vampire ! répliqua Tom, troublé.

— Non ! Il pouvait toujours faire tout ça, mais il ne pouvait pas en profiter et n'était jamais satisfait. Par exemple, la nourriture aurait été sans saveur, et il aurait quitté la table toujours affamé même après avoir mangé un repas énorme.

— Ah, répondit Tom. Cela ressemblait quand même à un vampire pour Tom. Ils n'étaient jamais satisfaits jusqu'à ce qu'ils boivent du sang, s'ils existaient vraiment, bien sûr.

Lorsqu'ils atteignirent la porte de Mlle Clementine, Tom demanda :

— A-t-il jamais brisé la malédiction ?

— Personne ne le sait avec certitude, répondit le professeur Hilltop, mais il a dû le faire car le dernier Mage de sang connu, avant vous bien sûr, n'a jamais été décrit comme autre chose qu'un puissant Sorcier. Craint, oui. Mais maléfique ? Non.

CHAPITRE TROIS

De retour à l'intérieur, le professeur Montague et Zaina lançaient un sort de localisation sur une immense carte du Royaume-Uni. Benny se tenait près d'une pile de livres avec d'autres cartes. Apparemment, ils avaient commencé par une carte du monde, puis de l'Europe. Affinant davantage leurs recherches, une autre carte situait Mandy en Écosse, à seulement trente minutes en voiture, bien qu'aucune route ne semblait mener à la forêt dense.

— C'est un soulagement, dit Miss Clementine. Au moins, elle est à proximité.

Voyant que les garçons étaient revenus, elle leur demanda de s'asseoir. Ils attendaient Lady Mathilda qui s'était rendue au siège du CEMB pour demander leur avis. Le professeur Bellamy sonna pour un thé tardif, et chacun expliqua à tour de rôle comment ils pensaient devoir procéder.

— Je propose d'envoyer Tom à leur porte d'entrée. Les sbires ne lui feront pas de mal ; ils l'emmèneront directement au Maître, suggéra Zaina.

— Tu veux dire comme un appât ? demanda Tom.

— Non, comme une diversion, dit Arturo, comprenant l'idée.

— Mais qu'en est-il des barrières magiques ? demanda Benny.

— Nous pouvons nous occuper des barrières, répondit le professeur Hilltop. Et de la plupart des gardes extérieurs.

— Comment allez-vous combattre tous les gardes ? Ils sont postés à chaque porte, dit Tom.

Le professeur Montague secoua la tête avec consternation. — Nous sommes peut-être vieux, mais pas inefficaces. Nous n'avons pas besoin de les combattre, seulement de les neutraliser assez longtemps pour récupérer la fille.

— Le professeur Montague a raison. Laissez-nous les gardes extérieurs. Nous avons plus d'un sort dans notre manche, dit le professeur Hilltop avec un clin d'œil.

Il y eut un coup à la porte et le professeur Bellamy se leva pour répondre. C'était Holly, la fille de cuisine que Tom avait accidentellement guérie lorsqu'ils testaient ses pouvoirs. Quand elle vit Tom, elle s'arrêta, momentanément stupéfaite. Tom lui fit un signe de la main maladroit, elle sourit brièvement et retourna à sa tâche.

Elle poussa le chariot à thé vers l'espace de réunion et posa le plateau sur la table, puis disposa des assiettes avec un assortiment d'amuse-gueules et de friandises. Une fois qu'elle eut déchargé le chariot, elle fit une demi-révérence à personne en particulier et quitta la pièce.

— Une amie à toi ? demanda Zaina.

— C'est une longue histoire, répondit Tom.

Alors que tout le monde se servait dans l'en-cas improvisé, le professeur Bellamy prit la parole.

— Tu as dit que tu revenais toujours au même endroit avec ta Porte. Cela signifie probablement que Mandy est retenue de ce côté du château. Une fois les barrières neutralisées, je pourrais créer une illusion pour occuper les gardes pendant que tu planes et regardes par les fenêtres. Une fois que tu l'auras repérée, il devrait être assez simple d'entrer par la fenêtre.

— Mais ne sera-t-elle pas sous surveillance ? demanda Benny.

— C'est là que tu interviens. Pendant que les gardes sont occupés et loin de leurs postes, tu entreras et te frayeras un chemin jusqu'à la pièce où ils retiennent Mandy. En chemin, tu immobiliseras tous ceux que tu croiseras, expliqua le professeur Bellamy.

— Mais cela ne dure généralement pas très longtemps, répondit Benny.

— Tu n'as besoin de les figer que le temps de passer. L'un d'entre nous te suivra et s'occupera de ces voyous, répondit le professeur Montague.

— J'attendrai avec Mandy jusqu'à ce que vous veniez nous chercher, dit Arturo. S'il y a quelqu'un avec elle, je pense pouvoir m'en occuper.

— Et moi ? demanda Tom.

— Tu retarderas Le Maître. Fais-lui croire que tu es venu rejoindre ses rangs s'il libère Mandy saine et sauve.

— Je me sentirais mieux si nous en savions plus sur l'endroit. Dans tous les films d'espionnage, ils ont des plans et savent où sont toutes les bouches d'aération, dit Benny.

Tom rit, plus par nervosité que par humour. Benny avait raison. Ils y allaient à l'aveuglette.

— Je vais faire mieux, jeune Benny. Je vais m'y projeter astralement comme je l'ai fait quand Tabitha a été kidnappée. À mon retour, je pourrai partager ce que j'ai vu avec le professeur Bellamy et elle le montrera à tout le monde, proposa le professeur Montague.

— Dans ce cas, pourquoi Lady Mathilda ne peut-elle pas ouvrir un Portail, prendre Mandy et repartir ? demanda Tom.

— Un, elle n'est pas encore revenue. Deux, je ne suis pas sûre qu'elle puisse traverser les barrières. Trois, elle doit être prête à vous faire sortir si les choses tournent mal, dit Zaina.

— Zaina a raison. Elle est également la seule à pouvoir rapidement appeler à l'aide par télépathie, si nous nous retrouvions en infériorité numérique, ajouta le professeur Hilltop.

— Mais si c'est si dangereux, pourquoi ne pas laisser le CEMB entrer et la récupérer, dit Benny.

— Ce n'est pas leur responsabilité. Ils sont chargés de s'assurer que les humains magiques n'abusent pas de la magie ou ne nous exposent pas aux humains non-magiques. Leur rôle est plutôt d'enquête, répondit Miss Clementine.

— La sécurité des élèves est la responsabilité de l'école, sauf s'il s'agit d'un problème non magique. Dans ce cas, nous appellerions les autorités. Mais comme mentionné précédemment, Mandy n'a pas disparu depuis quarante-huit heures.

— Bien. Il est temps de faire un peu de reconnaissance, dit le professeur Montague en se dirigeant vers ce qui devait être l'espace rituel de Miss Clementine. Pour autant que Tom pouvait en juger, cela ressemblait beaucoup à un coin de méditation. L'espace était séparé du reste de la pièce par un rideau de perles. Derrière, Tom voyait un petit autel en bois, nu pour le moment, et un grand coussin circulaire sur le sol. À droite se trouvait une bibliothèque basse remplie de bougies assorties, de pierres, de miroirs, d'herbes attachées et d'autres petits objets que Tom ne pouvait pas identifier de là où il se tenait.

Le professeur Montague passa à travers les perles, leur tourna le dos, envoya ses robes voler derrière elle et s'enfonça gracieusement sur le coussin. Elle ne se réarrangea pas et ne bougea pas pour être plus confortable. Elle était immédiatement immobile.

Tout ce que les autres pouvaient faire, c'était d'attendre. Le pied d'Arturo tapait le sol et Zaina triturait inconsciemment ses cuticules. Benny mangeait tandis que le professeur Hilltop et le professeur Bellamy semblaient faire la sieste, probablement en train de se projeter. Miss Clementine s'était rendue dans son bureau pour passer un appel téléphonique.

Tom repensait au récit d'Arturo sur le dernier Chasseur de Sorcières. Avait-il brisé la malédiction ? Comment et quand l'avait-il fait ? Le journal de son père avait qualifié la Magie de sang de dangereuse, mais pas maléfique, et conseillait au lecteur de chercher Petunia Eva.

Quand Tom avait rendu visite à Petunia et sa sœur jumelle dans le passé, lui et ses amis n'y avaient trouvé aucune réponse. Peut-être étaient-ils allés trop loin en arrière. Ils étaient allés en 1667 quand les jumelles étaient plus jeunes, célibataires.

— Arturo, sais-tu en quelle année le roi Frederick est mort ? Combien de temps après les procès des sorcières ? demanda Tom.

Arturo souffla et plissa les yeux, essayant de se rappeler l'information. — Je crois que les procès des sorcières de Vardo se sont terminés en 1663 et que le roi Frederick est mort en 1670.

— Merci, dit Tom distraitement. Petunia avait rencontré et épousé Sir Anthony Callahan pendant qu'il était en Virginie. Tom ne se rappelait pas la date de leur mariage. Ils s'étaient installés en Irlande et avaient eu trois fils. Conor, l'ancêtre de Tom, était né en 1685. Il avait hérité des terres et du titre après la mort de son frère de la grippe.

Quand le Portail s'ouvrit, tout le monde sauf le professeur Montague sursauta. Lady Mathilda passa à travers, mais elle n'était pas seule.

— Toi ! cria Tom. Que fais-tu ici ? *Alistair*, c'est ça ? Ou préfères-tu *Emmett* ? ricana Tom.

— Tom, je peux t'expliquer, dit Alistair, levant les mains comme si Tom lui pointait une arme dessus.

Le Portail se referma et tout le monde s'assit pour entendre ce qu'Alistair avait à dire. Avant qu'il ne commence, Lady Mathilda le présenta.

— Pour ceux qui ne le connaissent pas, voici Alistair Callahan. C'est un ancien élève de l'Académie Harding, qui travaille actuellement pour le MFO. Il se trouve également être le cousin au second degré de Tom ; leurs grands-pères étaient frères jumeaux. Brian, le grand-père d'Alistair, a fréquenté cette école, mais pas Brandon. Il a choisi de fréquenter L'Académie, où Tom est allé à l'école avant de nous rejoindre ici. Sommes-nous tous à jour ?

Zaina, Benny et Arturo jetaient des regards effarés à Tom qui ne pouvait que hausser les épaules et hocher la tête.

— Merci, Lady Mathilda, dit Alistair en s'inclinant.

— C'est exact, poursuivit-il. Samedi dernier, je suis venu à Harding pour voir Tom. Je crains d'avoir dû utiliser la ruse pour atteindre mon objectif : récupérer la bague des Callahan. J'en suis désolé, Tom. Vraiment. J'aurais espéré te rencontrer dans d'autres circonstances.

Alistair lança à Tom un regard sincère, mais Tom réservait son jugement jusqu'à ce qu'il ait entendu toute l'histoire. Il hocha la tête pour qu'Alistair continue.

— Il y a quelques semaines, le CEMB m'a approché avec une demande inhabituelle. Dans mon travail au Bureau des Affaires Magiques Étrangères, je dois souvent assumer une identité différente pour appréhender les coupables que nous enquêtons.

— Tu es très doué, dit Tom sèchement. Alistair lui adressa un sourire peiné et reprit son récit. — Le CEMB voulait que j'infiltre l'opération du Maître, non pas sous un pseudonyme, mais en tant que moi-même.

— Pourquoi ? demanda Zaina.

— Parce que je suis un Callahan et que je pourrais être utile pour attirer Tom du côté obscur, pour ainsi dire, répondit-il.

— Mais ça n'a aucun sens ! Je ne savais même pas que tu existais jusqu'à il y a deux jours. En quoi cela ferait-il une différence pour le Maître ? demanda Tom, complètement confus.

— L'histoire que j'allais utiliser pour entrer était que mon père était mourant, que j'avais entendu dire que Le Maître pouvait le guérir et que j'étais prêt à faire n'importe quoi. Ça me permettrait d'entrer. Le CEMB pensait qu'une fois que Le Maître saurait qu'il y avait un lien entre Tom et moi, il voudrait l'exploiter. Et c'est exactement ce qui s'est passé.

— Attends, tu veux dire que Le Maître t'a dit de venir à l'école, de prétendre être Emmett et de voler ma bague ? demanda Tom.

— Non. Il m'a assigné d'autres tâches. Mais je l'ai entendu parler à l'un de ses sbires à propos de la bague et comment elle te rendait en colère et paranoïaque. Le Maître était sûr que tu serais plus facile à convaincre si tu avais perdu confiance en toi-même et en ceux qui t'entourent, expliqua Alistair.

— Ça marchait, dit Tom, se grattant l'arrière de la tête. Il était encore gêné par les choses stupides qu'il avait dites et faites sous l'influence de la bague. — Qu'as-tu fait de la bague ?

— Elle est toujours ici à Harding. Je l'ai attachée au collier d'un des chats dans la cave, répondit-il, souriant de sa propre ingéniosité.

— C'est une chose terrible à faire à un pauvre animal sans défense ! s'écria Benny.

— Ne t'inquiète pas, elle ne peut pas nuire à un chat, seulement à une Sorcière ou un Sorcier. De plus, je devais la mettre quelque part qui donnerait l'illusion que Tom la portait toujours à Harding, au cas où Le Maître pourrait la tracer d'une manière ou d'une autre.

— C'était astucieux de ta part, dit Miss Clementine, rayonnante devant son ancien élève.

— Merci, dit Alistair, rayonnant en retour.

À ce moment, le professeur Montague se leva du coussin et les rejoignit.

— Alistair ! Quel plaisir de te revoir, s'exclama-t-elle en voyant le jeune homme.

— C'est un plaisir d'être ici, professeur Montague.

— Bien, alors. Mathilda, je suis contente que tu sois de retour. Je reviens du repaire du Maître et je suis prête à partager ce que j'ai vu. Vous serez tous heureux de savoir que Mandy est en sécurité et indemne. Vous le verrez par vous-même dans un instant.

Ils se prirent tous la main à nouveau. Alors que le professeur Montague les faisait faire le tour du château, monter les escaliers et se rendre dans la pièce où ils gardaient Mandy, Alistair fournissait des détails supplémentaires qui seraient utiles lorsqu'ils prendraient d'assaut le château.

Mandy était dans une petite chambre, attachée à une chaise, les mains derrière le dos, avec un bâillon dans la bouche. Ses yeux étaient fermés, donnant l'illusion qu'elle dormait, mais sa tête ne ballottait pas ou ne pendait pas dans le sommeil.

— Cette pauvre fille, gémit le professeur Bellamy.

— Ils ne l'avaient pas attachée ou bâillonnée au début, mais elle ne cessait d'essayer de figer tout le monde et de lancer des sorts, expliqua Alistair.

— On dirait qu'elle concocte un plan, dit Zaina, se frottant les mains avec anticipation.

— Est-ce que Mandy peut se projeter astralement ? Pourrait-elle être ici, maintenant ? demanda Tom, regardant autour de la pièce et faisant signe, juste au cas où. Benny éclata de rire et Zaina secoua simplement la tête d'incrédulité.

— Je ne sais pas combien d'entraînement elle a eu, mais tous les élèves apprennent à le faire, répondit le professeur Montague.

— Même si elle est ici, ou a été ici, il n'y a pas grand-chose que nous puissions faire à ce sujet puisque son corps est piégé au château. Au moins, elle saura que nous l'avons localisée et que nous préparons une extraction, dit Arturo.

Si Tom ne savait pas mieux, il penserait qu'Arturo s'amusait. Bien sûr, il n'était pas heureux que Mandy soit kidnappée, ou qu'un fou furieux l'ait. Mais Tom pouvait voir que la planification et la mise en œuvre étaient là où Arturo brillait vraiment. Il ferait un excellent chef d'équipe.

Tom réalisa que tout le monde dans la pièce savait qui il était. Ses amis et ses professeurs semblaient tous connaître leurs propres forces et faiblesses. Il était temps que Tom comprenne. Alors que les autres passaient en revue le plan modifié pour inclure les renseignements fournis par Alistair, Tom continuait à penser au dernier Chasseur de Sorcières. Plus il y réfléchissait, plus il sentait qu'une nouvelle Marche dans le Temps s'imposait. Il devrait retourner voir Petunia, mais plus tard. Après qu'elle se soit déjà mariée et ait eu des enfants.

S'il avait plus de temps, il rentrerait chez lui dans le bureau de son père et lirait tous ses journaux. Sûrement, il avait écrit plus sur Petunia quelque part. Lors d'une Marche dans le Temps, les Voyageurs revenaient au moment exact où ils étaient partis. Si Lola était d'accord, ils pourraient remonter dans le temps, disons avant sa fête d'anniversaire en août dernier. Ils pourraient passer la journée à chercher plus d'informations sur Petunia. Mais alors, comment cela changerait-il le voyage qu'ils avaient fait avec le professeur Ballantyne plus tôt cette année ? Tom secoua la tête, c'était trop déroutant d'y penser. Et de toute façon, Lola ne serait pas d'accord.

Le professeur Ballantyne, cependant, pourrait accepter d'emmener Tom voir Petunia à nouveau. Si Lady Mathilda communiquait télépathiquement avec le Directeur Lianon, cela pourrait être arrangé en moins de 10 minutes. Tom prendrait une Porte jusqu'à L'Académie où le professeur Ballantyne l'attendrait. Ils iraient, trouveraient leurs réponses et aucun temps ne se serait écoulé, sauf le temps nécessaire pour aller à L'Académie et en revenir. Vingt minutes tout au plus.

— J'ai une idée, s'exclama Tom, se levant du canapé.

CHAPITRE QUATRE

Il y eut quelques débats sur le plan de Tom. Finalement, les professeurs acceptèrent puisque cela ne prendrait pas trop de temps et pourrait fournir des informations utiles.

Le professeur Hilltop fut choisi pour accompagner Tom en tant que professeur de Magie Offensive, bien que le professeur Ballantyne aurait probablement pu assurer sa sécurité.

Tom était presque certain que l'enseignant était plus intéressé par l'idée de faire un voyage dans le passé que par celle de lui offrir sa protection. Tom ne pouvait pas lui en vouloir. C'était vraiment quelque chose d'extraordinaire à faire.

Quand ils arrivèrent dans la salle de classe du professeur Ballantyne, elle les attendait. Elle leur tendit rapidement des vêtements appropriés, se présenta brièvement à l'autre professeur, et ouvrit le Chronomètre tout en sortant sa Clé. Elle était déjà vêtue d'habits du milieu du dix-septième siècle.

— Nous arriverons quelques semaines après la naissance de Conor. Petunia devrait être à la maison avec le bébé. Elle pourrait nous reconnaître de notre précédent voyage ; ce serait utile. Souvenez-vous, nous n'avons pas besoin de nous précipiter une fois sur place, puisque nous reviendrons ici au moment même de notre départ, expliqua-t-elle. Prêts ?

Tom et le professeur Hilltop acquiescèrent. Le professeur Ballantyne jeta un coup d'œil par la fenêtre ; la voie était libre, et ils entrèrent dans l'Irlande de 1685.

— Nous serons un couple marié voyageant avec notre fils si quelqu'un demande, chuchota le professeur Ballantyne.

— Dans ce cas, je pense qu'il est approprié que vous m'appeliez Alfred, répondit le professeur Hilltop à voix basse. Ils étaient arrivés juste devant les grilles du Domaine. Puisqu'ils n'avaient ni cheval ni calèche, ils entrèrent par la porte latérale et se dirigèrent vers l'entrée principale.

— Vous pouvez m'appeler Chaundra.

— Mère Chaundra, comment allons-nous éviter les domestiques ? demanda Tom avec douceur. Petunia avait vraiment fait un beau mariage. Le Domaine Callahan, dans les montagnes de Wicklow, était impressionnant et la maison était suffisamment grande pour nécessiter un personnel complet.

— Je dirai au majordome que nous sommes des amis venus des Colonies pour une visite, suggéra le professeur Ballantyne. Ils étaient presque aux marches d'entrée. Ne vous inquiétez pas, je suis excellente en improvisation.

Ils montèrent et tirèrent sur la sonnette. De nombreuses minutes plus tard, la porte fut ouverte non pas par un majordome élégant, mais par une gouvernante au visage rougeaud.

— Cad atá uait ? dit-elle en essuyant ses mains sur son tablier sale.

Les professeurs Ballantyne et Hilltop se regardèrent, puis regardèrent la dame.

Tom eut un petit rire.

— Táimid anseo chun mo Aintín Petunia a fheiceáil. Táimid ar cuairt ó na coilíneachtaí, dit Tom à la gouvernante dans son irlandais rudimentaire. Elle grogna et s'écarta, fermant la lourde porte derrière eux.

Elle les conduisit dans un salon et leur fit signe de s'asseoir près du feu. Il était un peu tard pour recevoir des visiteurs, mais comme Tom lui avait dit qu'ils rendaient visite à leur tante depuis les Colonies, une arrivée tardive ne serait peut-être pas trop suspecte.

Tous trois s'assirent sur la banquette, les mains soigneusement posées sur leurs genoux. Tom examina l'ameublement de la pièce. Il semblait coûteux et il se demanda si certains objets avaient été transmis à sa famille. La famille de Tom n'avait certainement pas hérité du Domaine.

Ils entendirent quelqu'un approcher et se levèrent à l'unisson lorsqu'une dame entra dans la pièce. Tom la reconnut immédiatement. Sans être une femme particulièrement belle, Petunia avait bien vieilli. Elle semblait heureuse et en bonne santé.

Elle observa les étrangers un par un, commençant par le professeur Hilltop. Elle sourit poliment et passa au professeur Ballantyne. Son sourire vacilla lorsque leurs regards se croisèrent. Petunia plissa les yeux, essayant de situer la femme dans son salon. Ensuite, elle regarda Tom.

Le sourire revint et elle se précipita vers lui.

— Tom ! Tu es revenu !

— Oui, Mademoiselle Harding, je veux dire Madame O'Callahan, dit Tom. Il se demanda s'il fallait s'adresser à elle en tant que Madame ou quelque chose du genre puisqu'elle avait épousé Sir Anthony.

— Et vous ! dit-elle en regardant le professeur Ballantyne, se détendant maintenant qu'elle l'avait identifiée.

— Nous nous excusons pour cette subterfuge, mais nous voulions être sûrs que vous nous receviez à une heure aussi tardive, répondit la professeure de Tom. Voici Alfred, un autre des professeurs de Tom.

Le professeur Hilltop s'inclina.

— C'est un plaisir de vous rencontrer, Lady O'Callahan.

Elle sourit et les invita à s'asseoir.

— J'aurais été ravie de voir n'importe lequel des enfants de ma sœur, mais je doute qu'ils fassent jamais le voyage jusqu'au continent, dit-elle en leur demandant s'ils voulaient du thé.

Le professeur Ballantyne déclina et en vint au fait.

— Tom a quelques questions. Il pourrait révéler des aspects du futur en les posant. Êtes-vous à l'aise avec cela ?

— Je... oui, bien sûr. Je ne croirais pas qu'il soit venu jusqu'ici si ce n'était pas important, répondit-elle.

— Tout à fait, dit le professeur Hilltop.

Tom s'éclaircit la gorge et essaya de formuler sa question dans son esprit. Devrait-il la préfacer avec la situation actuelle ? Devrait-il lui parler de la Magie de sang ?

— Lady O'Callahan, lors de notre dernière visite, nous vous avons interrogée sur vos capacités magiques. Vous et votre sœur possédez des capacités très similaires à celles de Lola et Devlin, les amis qui nous ont accompagnés lors de notre dernière visite. Cependant, j'ai manifesté des capacités entièrement différentes. On les appelle Magie de sang à notre époque, dit-il et fit une pause pour la laisser répondre.

Une main vola à sa bouche et elle haleta.

— À cette époque, on appelle ça de l'adoration de Satan ! s'exclama-t-elle.

Tom regarda ses professeurs pour obtenir des conseils. Le professeur Hilltop hocha la tête pour l'encourager à continuer.

— Il est raisonnable de supposer que j'ai hérité ces capacités de l'un de vos descendants. Puisque je ne les ai clairement pas reçues de vous, suggéra Tom.

Petunia se signa, sortit un chapelet de sa poche et caressa les perles entre ses doigts.

Posant une main sur l'épaule de Tom, le professeur Hilltop prit la parole.

— Avez-vous déjà entendu parler d'un Chasseur de Sorcières maudit ? La légende raconte qu'il fut condamné à vivre une demi-vie jusqu'à ce qu'il puisse tomber amoureux d'une Sorcière et gagner son amour en retour. Ce n'est qu'alors que la malédiction serait levée.

Petunia laissa tomber le chapelet au sol en se levant brusquement de son fauteuil. Elle se tordait les mains, les larmes lui montant aux yeux. Elle se dirigea vers la porte du salon, vérifia le couloir et la ferma. On entendit distinctement le déclic de la clé qu'elle tournait dans la serrure avant de revenir s'asseoir.

Elle enfouit son visage dans ses mains et pleura. Tom et ses professeurs étaient désemparés. Qu'est-ce que cela signifiait ? Au moins, elle connaissait l'existence du Chasseur de Sorcières. Le professeur Ballantyne se leva pour lui tendre un mouchoir, plaçant une main réconfortante sur l'épaule de Petunia.

Petunia la remercia et tamponna ses yeux et son nez. Elle prit quelques respirations pour se calmer avant de pouvoir parler.

— Je suis la Sorcière qui a rompu la malédiction.

CHAPITRE CINQ

Petunia jouait avec le mouchoir pendant un moment, perdue dans ses pensées. Finalement, elle leva les yeux et commença son récit.

— Le voyage depuis les Colonies fut long et éprouvant. C'était un navire de marchandises qui retournait en Irlande après avoir livré sa cargaison d'Irlandais asservis, des prisonniers graciés qui seraient vendus comme domestiques sous contrat à des colons fortunés.

J'étais une jeune fille naïve, ignorant tout du fonctionnement du monde. Papa avait encouragé mon union avec le prospère Sir Anthony. Rose venait d'épouser Lord Evers et elle était si comblée que j'ai supposé que je connaîtrais la même félicité conjugale qu'elle.

Le périple était rendu inconfortable par les rigueurs de la mer, des logements lugubres et une nourriture insuffisante. Il est devenu insupportable à cause des découvertes que j'ai faites sur mon nouveau mari.

Bien que riche et titré, avec des manières impeccables et un visage séduisant, l'homme que j'avais épousé était tout sauf distingué. Peut-être était-il comme tous les autres propriétaires terriens fortunés. Mon père était un homme bon et patient qui traitait tout le monde avec respect. J'ai supposé, à tort, que tous les hommes lui ressemblaient.

Je ne vous ennuierai pas avec le récit de mes malheurs conjugaux. Qu'il suffise de dire qu'une fois qu'il eut accompli son devoir marital et m'eut installée comme Dame de la maison, Sir Anthony partit pour un autre voyage, pour ne revenir que des mois plus tard.

Je parlais norvégien et anglais, mais pas irlandais. Communiquer avec le personnel était laborieux, et il n'y avait pas de voisins proches. C'était très isolant. J'espérais que Sir Anthony m'avait laissée enceinte, mais quand mes règles sont arrivées, la mélancolie s'est lentement installée.

Un jour, un homme est venu à la maison cherchant un abri. Il parlait anglais avec un accent que j'ai immédiatement reconnu. Il était norvégien !

Curieuse, je suis sortie du salon pour entendre Mabel lui dire d'aller à l'arrière vers la cuisine, et qu'elle lui trouverait un lit dans les écuries. Il était clair qu'il vivait difficilement depuis un certain temps à en juger par sa tenue. Il était sale et mal rasé.

Cependant, il ne parlait pas comme un vagabond. Il s'exprimait comme un homme instruit. J'ai immédiatement dit à Mabel de laisser entrer mon compatriote.

En anglais, je me suis présentée comme Lady O'Callahan et lui ai souhaité la bienvenue dans la demeure de Sir Anthony. Je me suis excusée de l'absence de mon mari mais lui ai dit qu'il pouvait se reposer ici quelques jours avant de reprendre son voyage.

J'ai demandé à Mabel de préparer une chambre, un bain et de la nourriture pour cet homme appelé Brön.

Je ne l'ai pas revu ce jour-là, mais je l'ai croisé aux écuries le lendemain matin, alors qu'il sellait son cheval. Je partais pour ma promenade matinale et lui ai demandé s'il souhaitait m'accompagner. D'abord, il a refusé, disant qu'il ne voulait pas s'imposer dans ma solitude. Cela m'a fait rire.

— À vrai dire, ma Dame, j'avais prévu de reprendre mon voyage. Je vous remercie pour votre hospitalité, mais je pense qu'il est préférable que je continue ma route, avait-il dit.

Il était propre et rasé, et je pouvais voir qu'il avait lavé ses vêtements bien qu'ils n'aient pas encore complètement séché. Il avait l'air plus que présentable, même s'il semblait encore pâle et émacié.

— Je vous assure que j'ai eu plus que ma part de solitude,

Monsieur. Ce serait un changement rafraîchissant de converser avec quelqu'un de ma patrie, l'ai-je supplié.

Il a réfléchi à ma demande un instant et a répondu : « Très bien. Ce ne serait pas très galant de laisser une Dame chevaucher seule à travers ces champs sauvages. »

— J'emmène habituellement un palefrenier avec moi, mais j'apprécie le sentiment, ai-je dit alors qu'on amenait mon cheval et que je montais. Allons-y ?

Je l'ai emmené faire le tour du domaine, lui montrant différents endroits agréables. Nous avons fait une pause près du lac pour reposer nos montures.

— Comme c'est étrange que vous ayez voyagé de Norvège aux Colonies, pour revenir mariée à un Irlandais, a-t-il dit.

— En effet ! Êtes-vous absent de votre pays depuis longtemps ? Quelles nouvelles avez-vous à partager ?

Il m'a expliqué qu'il avait été le médecin en chef du roi, envoyé en mission lorsque le roi est mort. Soudain sans but, il s'était aventuré dans le monde, soignant les blessures et aidant les malades, allant de village en village.

Je me suis immédiatement méfiée quand il a dit qu'il avait été le médecin du roi Frédéric. Les chasses aux sorcières étaient la raison pour laquelle nous avions fui la Norvège. Cependant, à mesure qu'il parlait des gens qu'il avait soignés durant ses voyages et des autres guérisseurs qu'il avait rencontrés, j'ai décidé qu'il n'était pas une menace.

Nous avons repris notre promenade et je me suis confiée à lui sur mes propres capacités de guérison. Les seules personnes que je soignais à l'époque étaient le personnel de maison. Comme ils étaient nombreux, cela me tenait suffisamment occupée.

— Les Irlandais sont très superstitieux. Je n'ai pas osé suggérer autre chose que des tisanes et des onguents au début, de peur qu'ils ne me qualifient de Sorcière ! lui ai-je confié.

— Oui, les gens sont plutôt ignorants. Il faut un œil averti pour reconnaître une vraie Sorcière, a-t-il répondu de manière plutôt cryptique, et j'ai immédiatement regretté d'avoir parlé.

En retournant vers les écuries, j'ai orienté notre conversation vers des sujets plus sûrs en lui demandant où il était allé pendant ses voyages. Quand nous sommes revenus aux écuries, j'ai réitéré mon offre de passer quelques jours de plus. C'était plus par politesse, bien que j'admette avoir apprécié sa compagnie, même s'il me troublait. Il y avait quelque chose de si captivant chez lui.

Il m'a surprise en suggérant qu'il s'occuperait du personnel pendant son séjour.

— Je ne doute pas de votre compétence, mais je suis sûr que vos serviteurs préféreraient être soignés par un vrai médecin plutôt que par leur employeur, a-t-il dit.

J'aurais dû être insultée, mais je savais qu'il était bien intentionné. Bien que j'étais une guérisseuse compétente, j'étais aussi leur maîtresse, et ce n'était pas convenable pour mon rang.

Les jours suivants, il a rencontré chaque membre du personnel de maison. Il avait installé sa clinique dans l'une des pièces près de la cuisine que nous utilisions pour stocker la nourriture après la récolte. Comme on était en mai, elle était presque vide.

Nous faisions du cheval ensemble le matin et dînions ensemble le soir. Nous avions tant à discuter sur le thème de la guérison, des livres et de la Norvège. J'ai commencé à redouter le jour où il partirait, et où je serais à nouveau privée d'attention et de conversation.

Au matin du quatrième jour, je m'attendais à ce qu'il annonce son départ. Il avait fait ses bagages et nous sommes partis pour notre promenade matinale comme d'habitude. En chevauchant, j'ai réalisé que j'avais développé pour lui un sentiment qui n'était pas très convenable. Lorsque nous nous sommes arrêtés pour reposer les chevaux près du lac, il a cueilli une rose et m'a offert la fleur. J'étais absolument charmée et j'ai commencé à penser qu'il avait aussi des sentiments pour moi.

Je me suis piqué le doigt sur une épine et il était à mes côtés en un instant. Ce qu'il a fait ensuite peut difficilement être répété en bonne compagnie, mais comme cela a une incidence sur le récit, je dois le divulguer.

Il a mis mon doigt qui saignait dans sa bouche. Bien que j'étais horrifiée par sa familiarité, j'étais incapable de retirer mon doigt de son emprise. Bien que nous ayons partagé de nombreuses remarques personnelles dans nos discussions, nous étions toujours restés à une distance respectable. L'intimité de cet acte semblait bien plus profonde que de partager le lit conjugal avec mon mari. J'étais consternée, mais aussi excitée par cette pensée.

Le moment fut fugace, car ses yeux s'écarquillèrent et il lâcha ma main comme si j'étais Satan lui-même.

— Vous êtes une Sorcière ! m'a-t-il accusée en reculant. Son expression était difficile à déchiffrer. Il aurait dû être effrayé ou en colère dans son accusation. Mais son visage exprimait de la douleur, de la confusion et de l'angoisse.

Avant que je ne comprenne ce qui se passait, il a saisi mon bras, m'a fait tourner et a mis un couteau sur ma gorge.

— Le Roi ne tolère pas les Sorcières et moi non plus, a-t-il sifflé.

J'étais tellement choquée que j'en ai perdu la parole, incapable de trouver des mots pour me défendre, et encore moins pour supplier pour ma vie. À vrai dire, il pouvait la prendre. J'avais été malheureuse depuis trop longtemps et j'avais manifestement mal jugé le seul homme que je croyais être mon salut.

J'ai fermé les yeux et accepté mon destin. On dit qu'on ne peut pas échapper à son destin et le mien avait été scellé sur les rives du Finnmark quand je suis née Sorcière.

J'ai attendu la mort, mais elle n'est pas venue. Brön ne me tranchait pas la gorge, il l'embrassait. Nous... avons consommé notre affection.

Petunia se leva et alla se placer devant la cheminée. Tom et ses professeurs étaient captivés.

— Je sais que c'était mal, mais j'étais tombée amoureuse de Brön. Il est resté quelques jours de plus et nous avons passé chaque instant possible ensemble. Finalement, il a dit qu'il devait partir. Les domestiques commenceraient à jaser s'il restait plus longtemps.

Il a promis de revenir quelques fois par an pour s'occuper des serviteurs et veiller à mon bien-être. J'ai désespéré après son départ, envisageant plus d'une fois de me noyer dans la rivière. M'ôter la vie n'était pas plus un péché que l'adultère.

Il m'est venu à l'esprit qu'il avait peut-être laissé un enfant en moi, alors j'ai attendu quelques semaines. Quand mes règles ne sont pas venues, l'espoir a fleuri en moi, tout comme notre enfant.

Il a dû s'en douter car il est revenu environ une semaine avant la date prévue de l'accouchement. Brön avait changé. Il avait l'air en bonne santé, en forme, et semblait plus heureux que la dernière fois que je l'avais vu. Il est resté pour aider à l'accouchement et est parti quand mon mari est revenu de ses aventures. J'avais écrit à Sir Anthony pour lui annoncer sa paternité imminente, et il avait promis de revenir à temps pour la naissance.

Brön s'était installé à Dublin et avait donné son adresse à mon mari au cas où nous aurions besoin de soins médicaux supplémentaires. Quand Sir Anthony est reparti deux mois plus tard, j'ai écrit à Brön, et il est venu immédiatement.

Elle se tourna alors pour nous regarder, attendant notre jugement sur ses actions. Tom savait qu'elles étaient répréhensibles à son époque, mais pas autant à la sienne.

— Lady Callahan, j'aimerais vous poser une question très personnelle, dit le Professeur Ballantyne.

— Après l'histoire que je viens de raconter, je ne pense pas qu'il y ait beaucoup de secrets entre nous.

— Oui. J'apprécie le courage qu'il vous a fallu pour partager votre histoire. Ce que j'aimerais savoir, c'est si Brön est le père de tous vos enfants ?

Petunia fixa intensément le feu avant de répondre. Elle avait soudain l'air terriblement triste et épuisée.

— Je ne peux pas en être certaine, mais j'aimerais le croire, dit-elle.

— Est-il ici maintenant ? demanda le Professeur Hilltop.

Les larmes étaient revenues, et elle les laissa couler sur ses joues. Secouant la tête, elle dit : « Il est mort en sauvant notre enfant. »

CHAPITRE
UN

— QUE S'EST-IL PASSÉ ? demanda le professeur Ballantyne, fouillant ses poches à la recherche d'un autre mouchoir. Quand elle le trouva, elle alla s'asseoir sur la chaise à côté de Petunia.

— Il insistait pour dormir dans la nurserie avec les enfants lors de ses visites. La naissance de Conor avait été difficile, et il s'inquiétait pour la santé de l'enfant.

Un matin, j'ai été réveillée brusquement par Brady, mon aîné, qui me disait de venir rapidement à la nurserie. Prise d'angoisse, j'ai couru depuis ma chambre.

Quand je suis arrivée et que j'ai vu Molly, la gouvernante des enfants, en pleurs sur le sol, j'étais certaine que quelque chose était arrivé à Conor. Il était dans les bras de Brön, s'agitant bruyamment, tandis que son père dormait.

J'ai couru jusqu'au lit d'Ian, et il dormait profondément, respirant normalement. Mes enfants allaient bien. Alors pourquoi Molly pleurait-elle au lieu de s'occuper de Conor ? Le bébé avait probablement une couche mouillée. Et comment Brön avait-il pu dormir à travers tout ce vacarme ?

J'ai pris Conor de ses bras et j'ai secoué l'épaule de Brön pour le réveiller. J'ai crié son nom et pourtant, il ne se réveillait pas.

Petunia fit une pause, un nouveau flot de larmes ruisselant sur son visage.

— Il était mort. J'ai interrogé Molly. La fille était hystérique et incohérente. J'ai demandé à Brady s'il savait ce qui s'était passé. Il a dit que Conor avait toussé ou s'était étouffé et que Brön l'avait retourné sur son bras et lui avait tapoté le dos. La toux s'était arrêtée et Brön l'avait bercé pour le rendormir. Brady était retourné se coucher et s'était réveillé aux cris de Molly.

Cela n'avait aucun sens. Brön avait peut-être dépassé son apogée, mais c'était un homme robuste. Quand Molly s'est calmée, je lui ai demandé s'il y avait plus dans l'histoire de Brady. Elle a dit que la toux du bébé l'avait réveillée et que lorsqu'elle était venue le voir, le médecin avait la situation bien en main. Au moment où elle quittait la pièce pour retourner se coucher, elle dit avoir vu Brön bénir l'enfant et une faible lumière bleue semblait émaner de sa main au-dessus de la tête du bébé. Elle avait peur que le médecin ne vole l'âme du bébé, mais quand elle s'est réveillée et l'a trouvé mort, elle s'est demandé si ce n'était peut-être pas l'inverse qui s'était produit.

Je lui ai dit qu'elle était ridicule et lui ai demandé d'aller chercher quelqu'un en bas pour venir s'occuper du corps de Brön. Vu ce qu'elle ressentait envers Conor, vous comprendrez qu'elle a été réaffectée à d'autres tâches.

Petunia plia ses mains sur ses genoux, tête baissée.

— Je ne sais pas quoi en penser. Je ne sais pas si nous avons été punis pour nos péchés ou si la malédiction l'a maintenu en vie pendant toutes ces années de Chasse aux Sorcières. Il est revenu à la vie quand nous avons brisé la malédiction, mais peut-être que son heure était venue. Il était humain, après tout.

Tom et les autres restèrent silencieux, marquant une pause pour reconnaître le chagrin de cette femme pour l'homme qu'elle aimait.

Tom réfléchissait au récit de son ancêtre. Ils avaient éclairci le mystère de la malédiction du Chasseur de Sorcières. Il était plausible de supposer que la combinaison d'un Brön maudit et d'une Sorcière conduirait à une nouvelle forme de magie. Si Brön avait d'une manière ou d'une autre transmis quelque chose au bébé Conor avant de mourir, cela pourrait expliquer comment les nouvelles capacités magiques étaient parvenues jusqu'à Tom. Personne n'avait précisé si le dernier Mage de Sang connu était l'un des ancêtres de Tom.

Il n'y avait pas le temps de visiter chacun des descendants de Conor. Mandy avait attendu assez longtemps.

Les professeurs de Tom devaient être arrivés à la même conclusion car, après avoir présenté leurs condoléances et souhaité bonne chance à Petunia, ils prirent congé et retournèrent à L'Académie.

TOM et le professeur Hilltop étaient de retour à Harding avec leur rapport en quelques minutes.

— Si nous avions plus de temps, je suis sûre que nous pourrions examiner votre lignée. En l'état actuel, j'ai bien peur que nous devions simplement supposer que Conor est la source de la Magie de sang et qu'elle a été transmise sélectivement à travers la lignée des Callahan, dit Miss Clementine.

— Je pense que nous avons assez attendu, il est temps de sortir Mandy de là, dit Zaina, la mâchoire serrée, prête au combat.

Ils passèrent le plan en revue une dernière fois. Alistair piétinait, les mains sur les hanches, et semblait vouloir dire quelque chose.

— Crache le morceau, dit Tom.

Le jeune homme regarda le professeur Montague et la Sorcière hocha la tête pour l'encourager.

— Quoi ? Qu'est-ce que vous ne m'avez pas dit ? demanda Tom, regardant tour à tour chaque personne dans la pièce.

— Le Maître... tu le reconnaîtras quand tu le verras, dit Alistair de façon énigmatique.

— Qu'est-ce que ça veut dire ? Est-ce que je le connais ? Est-ce le professeur Thunderbolt de L'Académie ? Je vous jure que ce type me donne la chair de poule, dit Tom.

— Non, Tom. Pendant que tu rendais visite à Petunia, nous avons examiné le bref souvenir que j'avais d'avoir vu son visage. Je ne peux pas en être sûr, car aucun d'entre nous ne l'a jamais rencontré, mais...

— Qui est-ce ?!!! hurla Tom.

— Nous pensons que c'est ton père.

CHAPITRE SEPT

Alistair n'attendit pas de constater l'impact de sa révélation explosive. Il demanda à Lady Mathilda d'ouvrir un Portail pour qu'il puisse retourner dans l'antre du Maître avant que son absence ne soit remarquée.

Tom était sous le choc. Son père ? Son père était mort depuis plus de deux ans. Ou peut-être pas. Si son père était Le Maître, cela expliquait beaucoup d'éléments non résolus du puzzle, comme pourquoi Le Maître l'avait appelé « mon fils » ou pourquoi il semblait déterminé à remettre la maison en ordre après que ses sbires l'aient saccagée, ou même son obsession pour l'anneau de Tom.

Ce qui n'avait aucun sens, c'était comment un homme aussi bon et attentionné que son père avait pu se transformer en un Sorcier maléfique décidé à conquérir le monde. Et si la Magie de sang se transmettait de père en fils, pourquoi Tom avait-il hérité de ce pouvoir par hasard le jour de ses seize ans ?

Si son père était Le Maître, comment pouvaient-ils posséder tous les deux la Magie de sang ? Pourquoi Tabitha ne l'avait-elle pas, ou même Alistair d'ailleurs ?

— Tu vas te faire mal au cerveau à essayer de tout comprendre, dit Zaina en posant une main sur son bras. Tu peux y arriver.

— Zaina a raison, Tom. N'oublie pas que même si Le Maître a le visage de ton père, ce pourrait être une illusion, ou il pourrait avoir utilisé la Magie de sang pour guérir sa maladie. Impossible de savoir quel effet cela aurait pu avoir sur lui, expliqua le Professeur Hilltop.

— Je ne veux pas te presser, mon cher, mais il est temps, dit doucement le Professeur Montague.

— Je peux le faire, dit Tom, plus pour lui-même que pour les autres, en sortant sa Clé. Le Professeur Montague avait écrit les coordonnées du château sur un morceau de papier et Tom visualisa la porte d'entrée qu'ils avaient vue.

— Et pour les barrières magiques ? demanda-t-il tandis que sa Porte apparaissait.

— Je reviendrai vous prévenir quand elles seront désactivées, dit Lady Mathilda.

Elle ouvrit un Portail et, un par un, ceux rassemblés dans le bureau de Miss Clementine le traversèrent.

Tom faisait les cent pas dans la pièce en attendant. Il se demanda s'il devait utiliser la lancette pour faire couler son sang, au cas où, mais décida que non. Il était intelligent et débrouillard, s'il avait appris quoi que ce soit ces dernières semaines. Il pouvait compter sur sa magie de Voyageur, sur les sortilèges qu'il avait appris ici à Harding, et sur les connaissances qu'il avait acquises dans les livres. Et il pouvait compter sur ses amis et ses professeurs pour faire leur part.

Je peux y arriver.

Le Portail de Lady Mathilda apparut, et elle passa la tête à travers. — La voie est libre !

Tom acquiesça et elle ferma le Portail. Elle et les autres seraient postés autour du château pendant que Tom attirerait Le Maître à l'entrée.

Tom tourna la poignée et sortit sur l'allée sombre bordée de gravier qui menait à la porte d'entrée. Les gardes ne l'avaient pas vu arriver ; avec les barrières magiques, Tom ne pensait pas qu'ils s'attendaient à recevoir de la visite.

Ils ne l'entendirent pas approcher jusqu'à ce qu'il soit à quelques pas d'eux. Tom leva les mains en signe de reddition, prêt à activer son bouclier si nécessaire.

— Le Maître m'attend, dit-il simplement. C'était suffisamment vrai puisque le Sorcier l'avait invité à le rejoindre à plus d'une occasion.

Les gardes en discutèrent à voix basse et l'un d'eux entra pour vérifier les dires de Tom.

Après quelques minutes, le garde revint et demanda à Tom de se retourner. Une fois fait, le garde lui abaissa les bras et les attacha dans son dos avec un serre-câble en plastique.

Une cagoule fut placée sur sa tête, et il fut conduit dans le château en montant les marches.

Ils marchèrent pendant de longues minutes, tournant dans un sens puis dans l'autre, et Tom se demanda s'ils le faisaient tourner en rond juste pour le désorienter. Il était légèrement inquiet que Le Maître n'ait pas l'intention de le laisser partir une fois leur conversation terminée.

Ils s'arrêtèrent enfin.

— Pourquoi est-il attaché et cagoulé ? demanda la voix distinctive du Maître. Tom tendit l'oreille pour détecter une trace de son père, mais tout ce qu'il entendit fut la voix rauque d'un vieil homme fou.

— C'est la procédure, Maître, répondit l'un des gardes en bégayant un peu.

— Pour les recrues, oui, pas pour notre estimé invité. Libérez-le immédiatement, aboya-t-il.

La cagoule fut retirée et Tom cligna des yeux, s'adaptant au cercle de lumière dans lequel il se trouvait. Il y eut un claquement, et ses mains furent libérées.

— Laissez-nous, dit Le Maître, congédiant ses sbires. Baigné comme il l'était dans la lumière, le reste de la pièce était sombre, et il ne put immédiatement localiser Le Maître jusqu'à ce que celui-ci parle.

Il était assis sur une sorte de trône, sur une estrade d'environ un mètre de hauteur. En s'orientant, Tom vit que la pièce était vide, bien que les murs portassent des gravures indistinctes.

Les appliques murales diffusaient un peu de lumière. En levant les yeux, Tom vit qu'il se trouvait sous le seul lustre allumé de la pièce.

— Approche-toi, Tom. Je ne vais pas te mordre, dit Le Maître. Il ricana à sa propre tentative d'humour.

Tom déglutit et s'avança, se préparant à ce qui l'attendait. Il essaya de se rappeler qu'il devait faire parler Le Maître aussi longtemps que possible pour que les autres puissent s'échapper.

Le plan était qu'ils se retrouvent tous à Harding. Une fois tout le monde en sécurité, Lady Mathilda ouvrirait un Portail pour récupérer Tom si nécessaire.

Quand Tom ne fut plus qu'à quelques pas de l'estrade, il leva les yeux vers la silhouette encapuchonnée.

— Je crois que vous avez demandé à me voir ?

Le Maître ricana à nouveau, un grondement bas qui résonna dans la pièce.

— Ne t'inquiète pas, la fille est parfaitement en sécurité. L'homme-taupe était censé te transmettre l'invitation, mais on ne peut pas lui reprocher son erreur. Les taupes sont notoirement myopes. Peu importe, ça t'a amené ici, n'est-ce pas ?

— Vous auriez pu m'envoyer une carte et une voiture pour me chercher à la place, répondit Tom.

— Comme tu as plutôt été hostile dans ton refus de mes précédentes invitations, j'ai senti que je devais faire passer mon message d'une manière ou d'une autre.

— Eh bien, ça a marché. Me voici. Que voulez-vous exactement ? Qu'attendez-vous de moi ? Et pourquoi moi ? demanda Tom.

Le Maître joignit ses doigts en forme de tente.

— La réponse à la première question devrait être évidente. Tu es un Mage de sang. Nous sommes une espèce rare, dit-il.

— Donc, vous en êtes un aussi ?

— Oui, j'en suis un. Ce que je veux et ce dont j'ai besoin de ta part nécessite un peu plus d'explications, dit Le Maître en tambourinant des doigts.

— Je suis tout ouïe et j'ai toute la nuit.

— Au début, je voulais m'assurer que tu étais celui que je cherchais. J'ai testé tellement de membres de ta famille. Il y avait même un candidat très prometteur, un cousin en quelque sorte, mais bien qu'il soit un Sorcier talentueux, il ne possède pas la Magie de sang.

Tom avait sur le bout de la langue de demander s'il faisait référence à Alistair, mais comme ils n'étaient pas censés s'être rencontrés encore, Tom garda le silence et un visage neutre.

CHAPITRE HUIT

Le groupe sortit du Portail juste à l'extérieur du mur, près de l'entrée latérale qu'Arturo avait identifiée comme étant la plus proche de Mandy. Lady Mathilda restait en attente.

Les Professeurs Montague, Hilltop et Bellamy se mirent au travail sur les barrières magiques. Ils s'écartèrent d'environ un mètre les uns des autres et levèrent leurs bras en l'air comme s'ils tenaient un énorme ballon médicinal.

— Pouvons-nous aider ? demanda Benny. Je ne connais rien à la neutralisation des barrières magiques, mais n'est-ce pas l'un de ces cas où plus il y a de Sorcières et de Sorciers, mieux c'est ?

— C'est vrai, mais je préférerais que vous trois gardiez vos forces et votre concentration pour ce qui va suivre. Pendant que vous entrerez, nous tiendrons la position ici, dit le Professeur Montague en se retournant pour se concentrer sur les barrières.

Les trois enseignants scandaient les mêmes trois mots en latin encore et encore, « *confractus, continentia, emissio* », ce qui se traduisait approximativement par « briser, contenir, libérer ».

Bientôt, Arturo, Zaina et Benny purent voir le chatoiement des barrières. Ça fonctionnait. L'air au-dessus du mur devint d'un blanc fumeux qui s'évanouit lentement avec les barrières. Ils étaient entrés.

Enfin, presque. Ils devaient trouver un moyen de franchir l'épais mur de pierre. Une porte ou un portail serait l'idéal. Ils pourraient bien sûr ouvrir une brèche par explosion, mais ils perdraient l'effet de surprise.

Arturo s'éleva au-dessus du mur et regarda de chaque côté de leur position à la recherche d'une ouverture. Il repéra un portail à environ cinq mètres sur leur gauche. L'équipe de sauvetage traversa les bois jusqu'au portail, et Zaina eut l'honneur de le déverrouiller.

Pendant que Tom et les Professeurs étaient en Marche Temporelle, Zaina était allée à l'armurerie pour récupérer quelques artefacts qui pourraient être utiles. Elle avait des cordes dorées, des billes mortelles et un tapis volant fourrés dans son sac à dos. Elle avait aussi une baguette, qu'elle n'utilisait jamais, et une pochette de poussière magique de fée, qu'elle pouvait utiliser pour aveugler temporairement ses assaillants.

Elle fit craquer ses articulations et dit :

— Allons-y.

Tout le monde convint que le Professeur Bellamy passerait en premier. Voûtée et munie d'une canne, elle avança lentement vers la porte latérale. Il fallut un moment avant que quiconque ne remarque la vieille Sorcière et, quand ce fut le cas, les gardes se dirigèrent nonchalamment vers elle. Une fois qu'ils furent assez proches, elle leur demanda de l'aider à s'asseoir pour qu'elle puisse reposer ses vieilles jambes fatiguées. Lorsqu'ils prirent chacun un bras pour l'aider, elle saisit leurs mains et les soumit à l'illusion qu'elle avait sélectionnée à l'avance. C'était un souvenir d'un safari qu'elle avait fait en Afrique.

Ensuite vint Zaina. Elle passa en flânant devant les gardes, sifflotant bruyamment, espérant attirer l'attention des gardes sur le toit. Comme prévu, ils la repérèrent et crièrent aux gardes immobilisés. Ceux-ci n'entendaient rien d'autre que les bruits d'une charge d'autruches qui approchait. Ils commencèrent à courir vers le mur de pierre, le Professeur Bellamy peinant à suivre.

Avant qu'ils ne puissent heurter le mur et se blesser, le Professeur Montague leur lança un sort de sommeil, et ils s'effondrèrent au sol.

— Merci, mon cher, je n'ai pas couru depuis plus de cinquante ans. J'ai besoin de reprendre mon souffle, dit-elle, haletante.

— Vous vous êtes bien débrouillée, reposez-vous. Nous prenons le relais, dit le Professeur Hilltop, guidant sa collègue vers un rocher de l'autre côté du mur, à côté de Benny et Arturo.

Repérant les gardes sur le toit, il visa chacun d'eux avec un sort d'étourdissement. L'un d'eux tomba en arrière sur le toit, mais l'autre perdit l'équilibre et chuta dans le vide. Le Professeur Hilltop agita sa baguette et le Sorcier descendit en flottant, léger comme une plume, et se retrouva endormi sur le gravier.

C'était au tour d'Arturo et Benny. Ils se dirigèrent vers l'endroit où se trouvait Zaina, gardant un œil sur la porte au cas où des gardes auraient été manqués et que d'autres viendraient prendre leur place. Arturo fit un signe d'adieu et s'éleva du sol jusqu'à ce qu'il se trouve entre les deux fenêtres supérieures. Il se déplaça latéralement pour jeter un coup d'œil par la première fenêtre. La pièce semblait vide. Il passa à l'autre fenêtre et vit Mandy, toujours attachée et bâillonnée sur sa chaise, les yeux fermés. Le reste de la pièce semblait également vide.

Arturo tapota doucement la vitre, espérant attirer son attention. Mandy ouvrit immédiatement les yeux et se tourna pour regarder la fenêtre. Son expression surprise se transforma rapidement en excitation, bien qu'elle continuait à tourner la tête et à la hocher en direction de la porte.

Arturo leva une main et articula silencieusement « c'est bon » avant de regarder en bas vers Zaina et Benny pour leur faire un signe de pouce levé.

Il essaya de soulever la fenêtre, mais elle était verrouillée ou bloquée par la peinture. *Rien qu'un peu de magie ne puisse résoudre,* pensa-t-il. Comme il avait besoin de l'essentiel de sa concentration pour maintenir sa position en lévitation, il utilisa un sort de métamorphose pour transformer la vitre en vapeur afin de pouvoir se glisser à l'intérieur.

Arturo entra et tapota Mandy, portant un doigt à ses lèvres pour que Mandy reste silencieuse. Il retira le bâillon, puis détacha ses mains et ses pieds. Mandy bondit et jeta ses bras autour de son cou, s'accrochant comme si sa vie en dépendait. Stupéfait, Arturo lui tapota maladroitement le dos et chuchota à son oreille.

— Zaina et Benny arrivent par l'intérieur. Quand ce sera sans danger de partir, ils ouvriront la porte.

Mandy hocha la tête pour montrer qu'elle comprenait et se détacha lentement d'Arturo, lui adressant un sourire embarrassé. Il lui fit signe de la tête de le suivre, et ils allèrent se tenir contre le mur près de la porte, comme deux agents du FBI sur le point de faire irruption.

CHAPITRE NEUF

Arturo leur avait donné le feu vert. Zaina prit la tête et Benny la suivit de près.

La porte n'était pas verrouillée, et Zaina se plaqua contre l'encadrement, ne passant que la tête pour s'assurer que la voie était libre.

Ils se glissèrent à l'intérieur et fermèrent la porte sans bruit. Ils avancèrent à pas feutrés dans le couloir, s'arrêtant devant chaque porte et se collant aux murs pour s'assurer qu'aucun sbire ne rôdait. Bien qu'ils soient prêts au combat, ils n'avaient aucune intention d'affronter l'ennemi s'ils pouvaient l'éviter. C'était une mission de sauvetage, pas une attaque.

Ils atteignirent enfin l'escalier et Zaina fit signe à Benny de prendre les devants ; elle le couvrirait. Benny garda les deux mains levées, prêt à figer quiconque se présenterait sur son chemin. Pendant ce temps, Zaina montait les marches à reculons, sa baguette pointée vers le rez-de-chaussée.

Jusque-là, tout allait bien.

Ils atteignirent le palier sans encombre. Benny s'arrêta pour attendre Zaina. Il pointa à gauche, puis à droite ; il ne se souvenait plus de la direction à prendre. Zaina lui indiqua que c'était à droite et il s'engagea dans le couloir tandis qu'elle suivait, toujours en marchant à reculons pour surprendre quiconque sortirait d'une des nombreuses pièces.

Ils s'attendaient à trouver des gardes postés devant la porte de Mandy, mais aucun Sorcier n'était visible. Il y avait trois portes donnant sur la cour par laquelle ils étaient entrés. Ils allaient devoir vérifier chacune d'entre elles.

Collée au mur, Zaina frappa doucement à la porte et attendit.

— Arturo ! chuchota-t-elle, mais il n'y eut aucune réponse.

Elle fit signe à Benny d'essayer la porte suivante. Il la dépassa et frappa à la porte.

— Mandy ? murmura-t-il.

Il entendit un doux « Benny ! » en réponse et se tourna vers Zaina pour lui faire savoir qu'il avait trouvé la bonne porte. Il essaya la poignée, mais elle était verrouillée. Zaina s'approcha, pointa sa baguette dessus et déverrouilla la porte.

— Je suis tellement heureuse de te voir ! s'exclama Mandy.

— Chut ! répliqua Zaina, en attrapant Mandy et en faisant à Arturo un signe tactique signifiant qu'elle couvrirait Mandy, et qu'il devrait couvrir Benny.

Ils refirent le chemin en sens inverse dans le couloir et descendirent les marches. Le groupe n'était qu'à quelques pas de la porte quand ils entendirent un son si glaçant qu'ils s'immobilisèrent sur place. C'était le bruit d'un fusil à pompe chargé.

— Ne bougez pas. Mettez lentement vos mains derrière la tête et agenouillez-vous sur le sol. Si l'un d'entre vous essaie de jouer au héros, vous mourrez tous, dit la voix.

Arturo, Benny, Mandy et Zaina obtempérèrent et s'agenouillèrent lentement. Quand Zaina essaya de regarder autour d'elle, la voix aboya :

— Ne vous retournez pas.

Quelqu'un vint et attacha leurs mains avec des serre-câbles et leur couvrit la tête de cagoules.

— Nous devrions les bâillonner pour qu'ils ne puissent pas nous jeter de sorts, appela une autre voix derrière eux.

— Bonne idée, va chercher des chiffons dans la cuisine, dit la voix principale.

Tandis que le sbire s'éloignait en hâte, le Sorcier leur parla.

— Pensiez-vous vraiment pouvoir sortir d'ici aussi facilement ? Quand les gardes ne se sont pas signalés, nous avons regardé les moniteurs et nous vous avons vus arriver. Nous avons pensé qu'il serait plus simple de vous laisser récupérer votre amie et de vous attraper à la sortie.

Ils entendirent des pas alors que le sbire revenait avec les chiffons. Il les attacha par-dessus les cagoules, ce qui rendait la respiration difficile.

Le sbire aida chacun d'eux à se lever, les orienta dans la direction où ils devaient marcher et s'assura que chacun sente la crosse du fusil au creux de son dos.

— Allons rencontrer Le Maître, dit la voix sans visage.

CHAPITRE
DEUX

LE MAÎTRE FIT une pause et sembla évaluer la réaction de Tom. Il pinça les lèvres et poursuivit son explication.

— Maintenant que nous avons établi que vous êtes le prochain Mage de Sang, nous pouvons commencer, dit-il.

Le masque impassible de Tom se fissura.

— Le *prochain* Mage de Sang ?

— Oui. Il ne peut y avoir qu'un seul véritable Mage de Sang à la fois.

Tom fronça les sourcils.

Ça n'a aucun sens. Il vient de dire qu'il était aussi un Mage de Sang.

Le Maître s'agita sur son trône, comme satisfait d'avoir provoqué une réaction chez Tom.

— Je vois que vous êtes confus. Pensez-y comme à un titre de noblesse. Un duc, par exemple, transmettra son duché à son héritier. S'il ne produit pas d'héritier, le titre passera au prochain homme dans la ligne de succession.

Tom hocha la tête.

— Cela signifie-t-il que vous et moi sommes parents ? demanda-t-il aussi naturellement que possible. Tom s'efforçait désespérément de garder son sang-froid, mais il était las de rester au bord du sujet.

— Oui, bien sûr que nous sommes parents ! s'exclama Le Maître. Dans son exubérance, Tom crut entendre le plus léger des accents irlandais.

Tom attendit le souffle coupé, mourant d'envie de demander comment ils étaient liés. Il n'avait aucune idée du temps qui s'était écoulé depuis son arrivée et si cela avait été suffisant pour que les autres extraient Mandy.

Il valait mieux faire traîner les choses aussi longtemps que possible. Il n'était pas en danger immédiat, et il voulait entendre l'histoire.

— Êtes-vous mon grand-père ?

Le Maître s'inclina et ricana. Sa réponse fut énigmatique.

— Je suis le grand-père de la Magie de Sang.

D'accord. Et maintenant ?

Tom se demanda si une alarme se déclencherait quand on découvrirait la disparition de Mandy ou si elle avait déjà retenti quand les protections avaient été franchies. Pour tout ce que Tom savait, Le Maître pourrait être en train de le faire patienter, *lui*.

— Dois-je supposer que vous devez mourir pour que j'hérite du titre de Mage de Sang ?

C'était une question audacieuse, mais Tom était certain qu'elle ne mettrait pas le vieux Sorcier en colère. Au contraire, il serait probablement fier que Tom montre un peu de caractère.

— La réponse simple est oui, dit Le Maître en se levant de son trône. Tom essaya d'apercevoir son visage tandis qu'il arpentait lentement l'estrade. Mais il était trop éloigné de la lumière et tout ce que Tom pouvait voir était la blancheur crayeuse de sa peau.

— Quelle est la réponse compliquée ? demanda Tom. Quand Le Maître fit une pause sans répondre, Tom ajouta : Est-ce que cela a quelque chose à voir avec Petunia Eva ?

La tête du Maître se redressa brusquement et il se tourna pour regarder Tom.

— Que savez-vous de Petunia ?

— Je l'ai rencontrée. Deux fois. Elle avait beaucoup à dire, répondit Tom. Lui aussi pouvait être énigmatique.

— Dites-moi, mon garçon !

— Si je le fais, me direz-vous qui vous êtes ? Comment nous sommes liés, et ce qui doit se passer pour que la folie s'arrête ?

Tom grimaça intérieurement. Il espérait que Le Maître ne pensait pas que Tom le traitait de *fou*. Ce n'était jamais bon de dire aux personnes dérangées qu'elles l'étaient.

— Oui, bien sûr. C'est pour cela que vous êtes ici, n'est-ce pas ?

Tom acquiesça et donna au Maître la version abrégée de ses visites avec Petunia.

Le Maître avait repris sa position sur le trône. Il écoutait attentivement, les mains jointes en triangle, et n'interrompit pas. Quand Tom eut terminé, tout ce que Le Maître dit fut qu'il souhaitait pouvoir Voyager à travers les Portes.

— Si nous sommes parents, n'auriez-vous pas aussi le gène du Voyage ?

Le Maître hocha la tête, ou du moins c'est ce qu'il sembla à Tom.

— Comme vous le savez certainement, le fils de Petunia, Conor, a eu des jumeaux, dont l'un est votre ancêtre. Larkin a épousé une Voyageuse nommée Sara. Dans les familles de Voyageurs, la succession ressemble beaucoup aux titres de noblesse dans le sens où l'héritier, ou Gardien, doit se marier et avoir au moins deux enfants. Pour une raison quelconque, les Voyageurs ont généralement deux enfants, un garçon et une fille. Traditionnellement, le garçon était choisi comme héritier et Gardien, qu'il soit l'aîné ou non. À l'époque plus récente, c'est l'aîné qui est choisi. Mais ils ont la possibilité de transmettre les devoirs à leur frère ou sœur, si celui-ci ou celle-ci est consentant. N'est-ce pas ainsi que vous êtes devenu Gardien ?

— Oui, en effet, répondit Tom, ne se donnant pas la peine de demander comment Le Maître savait cela.

— Ce que vous ne réalisez peut-être pas, c'est que le frère ou la sœur qui n'est pas le Gardien ne transmettra pas le gène à leurs enfants, à moins qu'ils n'épousent un Voyageur qui est Gardien pour *sa* famille. Par exemple, votre sœur Tabitha conservera l'usage de sa Clé aussi longtemps qu'elle vivra et, selon les règles de succession des Voyageurs, pourra également résider dans la maison familiale aussi longtemps qu'elle le souhaite. Mais à moins qu'elle n'épouse un

Gardien, les enfants qu'elle pourrait avoir ne seront pas des Voyageurs.

Tom n'y avait pas réfléchi auparavant. Il savait que beaucoup de Voyageurs se mariaient au sein de leur cercle, mais il avait supposé que c'était dû à une notion désuète de maintenir ou d'accroître la richesse. Si Tom n'avait pas pris la relève en tant que Gardien, la lignée se serait éteinte avec lui. Même si lui et Lola s'étaient mariés, leurs enfants n'auraient pas été des Voyageurs parce que son frère Devlin était Gardien, pas elle.

Penser à Lola donna à Tom un sentiment de malaise. La dernière fois qu'il l'avait vue, il pensait qu'ils progressaient sur le chemin de la réconciliation. Il n'avait pas eu l'occasion de la mettre à jour depuis sa visite de dimanche. Et s'il ne la revoyait jamais ? Il y avait une chance qu'il meure ce soir.

Tom chassa cette pensée. C'était de la folie, et il n'avait pas le temps pour cela maintenant. Reportant son attention sur la conversation, il essaya de comprendre comment les informations que Le Maître venait de partager avaient un rapport quelconque avec leur situation actuelle.

— Qu'est-ce que cela a à voir avec le fait que vous n'ayez pas le gène du Voyage ? Êtes-vous le fils d'un non-Gardien ?

— Quelque chose comme ça, dit Le Maître.

Tom se rappela qu'il était censé faire durer cela aussi longtemps que possible, jusqu'à ce que Lady Mathilda confirme que tout le monde était en sécurité à l'Académie Harding. Néanmoins, la lenteur avec laquelle Le Maître distillait les informations était exaspérante. C'était comme s'il était un oisillon nourri de minuscules morceaux de nourriture mâchée par sa mère.

J'aimerais qu'il en vienne au fait.

Le Maître se leva à nouveau. Cette fois, il fit les cent pas de l'autre côté du trône.

— La Magie de Sang n'est pas un gène comme le Voyage. On pourrait dire que c'est plutôt comme une mutation. Toute personne issue d'une lignée magique humaine a la prédisposition, commença-t-il comme s'il se trouvait dans un amphithéâtre rempli d'auditeurs fascinés.

En tant qu'auditoire unique, Tom était captivé. *On avance mainte-nant. On dirait qu'il parle d'un virus ou d'une maladie héréditaire.*

Tom observa la posture légèrement voûtée du Maître, son visage blanc comme la craie et ses doigts osseux, et conclut qu'il n'était pas loin de la vérité.

Cependant, avant que Le Maître ne puisse continuer, il y eut un coup à la porte à l'autre bout de la salle de bal. Tom sursauta et se retourna pour regarder la porte.

CHAPITRE ONZE

— Que voulez-vous ? demanda-t-il avec cette même voix qu'il avait utilisée sur Tom lors de leur confrontation à la maison. Il avait à peine parlé au-dessus d'un murmure, pourtant Tom l'avait entendu aussi clairement que s'il s'était tenu juste derrière lui.

La chair de poule parcourut les bras de Tom, et il ne pouvait qu'imaginer ce que ressentait celui qui avait osé frapper à la porte.

La porte s'entrouvrit et une tête encapuchonnée se glissa à l'intérieur.

— Pardonnez-moi, Maître. Il y a eu un développement dont vous devriez être informé, je pense.

Tom se retourna vers Le Maître pour voir comment il allait réagir.

— Je vous écoute, répondit Le Maître, sa voix dégoulinante de sarcasme tandis qu'elle résonnait dans toute la pièce.

Même Tom savait que cette interruption avait intérêt à être importante. Il l'espérait pour le bien du sbire. Tom n'avait pas envie d'assister à un meurtre.

Son regard revint sur le Sorcier. Il se tenait au milieu de la pièce, tout comme Tom. C'était comme assister à un match de Wimbledon ; le vainqueur remporte tout.

— Nous avons appréhendé des intrus, Maître. Ils sont venus pour la fille, exactement comme vous l'aviez prédit.

Tom pâlit. Le Maître avait anticipé cela. Quelle stupidité d'avoir cru qu'ils pourraient s'en tirer. À vrai dire, Tom avait supposé qu'il avait enlevé Mandy pour attirer son attention et qu'il la libérerait une fois qu'il aurait Tom entre ses griffes.

— Plus d'invités ! s'exclama Le Maître avec enthousiasme. Faites-les entrer !

Le Sorcier inclina la tête, visiblement soulagé, et fit signe à ceux qui attendaient dans le couloir. Les doubles portes s'ouvrirent, et quatre silhouettes furent conduites dans la salle de bal.

— Est-ce les professeurs ou les enfants ? demanda Le Maître.

C'était difficile à dire avec les sacs noirs sur leurs têtes. Comme ils étaient tous vêtus de robes noires, Tom examina leurs pieds. Il repéra les baskets montantes de Zaina et ne savait pas s'il devait être soulagé ou inquiet. Ce n'était pas le plan. Se faire capturer mettait ses amis en danger. Cela dit, peut-être pourrait-il négocier pour eux tous comme il s'était préparé à le faire pour Mandy.

— Ce sont les enfants, Maître. Je suis sûr qu'ils ont eu de l'aide, mais nous n'avons trouvé personne d'autre sur la propriété.

— Je vois. Et pourquoi avez-vous jugé nécessaire de les contenir d'une manière aussi peu gracieuse ?

Le Maître était de retour sur son trône, agitant une main dédaigneuse vers les nouveaux arrivants. Ses paroles étaient basses et rauques, semblant rebondir sur les murs et monter de toutes les directions comme s'il portait un microphone branché à un système de son surround.

— La fille n'arrêtait pas d'essayer de nous geler avec sa magie, alors nous avons dû lui attacher les mains. Puis elle a essayé de nous maudire, alors nous l'avons bâillonnée. Quand ce groupe est arrivé, nous n'avons pris aucun risque.

— Tout à fait juste, dit Le Maître, et le sbire sembla se pavaner un peu.

— Amenez-les au centre de la pièce pour que je puisse les examiner de plus près.

Le Sorcier et son assistant guidèrent leurs prisonniers pour qu'ils se tiennent sous le lustre.

— Apportez des chaises pour eux tous et retirez les sacs de leurs têtes. Ce ne serait pas convenable qu'ils meurent d'asphyxie, ordonna Le Maître, et le Sorcier s'exécuta immédiatement.

Ils apportèrent une chaise pour Tom aussi, et il se sentit un peu ridicule, assis sur une chaise au milieu de la pièce. Un par un, les bâillons et les sacs furent retirés, et ses amis aspirèrent de grandes goulées d'air. En voyant Tom, ils semblèrent soulagés, bien que Benny articula silencieusement « Je suis désolé » à Tom avec un haussement d'épaules désolé. Les Sorciers délièrent leurs mains et les attachèrent aux chaises.

Une fois qu'ils eurent terminé, les Sorciers regardèrent Le Maître pour obtenir d'autres instructions.

— Vous pouvez partir. Je peux m'occuper de quelques adolescents tout seul, dit-il.

Les Sorciers s'inclinèrent et quittèrent la pièce.

Ç'avait été un bon plan. Mais il était temps de passer au plan B.

— S'il vous plaît, laissez-les partir, dit Tom. C'est moi que vous vouliez ; vous n'avez pas besoin d'eux.

— Tu as raison. Je n'ai pas besoin d'eux, mais ils constituent un excellent moyen de pression.

— Pourquoi avez-vous besoin d'un moyen de pression ? J'ai dit que je resterais et que j'irais jusqu'au bout, dit Tom, se levant maintenant. Il ne se sentait pas puissant assis sur une chaise de salle à manger.

— En effet, c'est ce que tu as dit. Cependant, une fois que tu auras entendu ce que j'ai à dire, tu pourrais bien changer d'avis. De cette façon, je sais que tu resteras en place pour garantir la sécurité de tes amis. Pendant ce temps, ils se comporteront bien parce qu'ils veulent te garder en sécurité. C'est une situation gagnant-gagnant. Pour moi, en tout cas, répondit Le Maître. De plus, c'est beaucoup plus agréable de raconter une histoire à un public qu'à une seule personne.

Comme Tom restait debout, les mains sur les hanches en signe de défi, Le Maître ajouta : — Assieds-toi, Tom. C'est une longue histoire, et je promets de ne pas poser un doigt sur aucun d'entre vous. Du moins, pas avant la fin de mon histoire.

Tom fixa Le Maître pendant un moment. Il n'y avait aucune raison de lui faire confiance, mais en même temps, Tom ne pouvait pas faire grand-chose. Bien sûr, il pourrait réveiller sa Magie de sang et attaquer, mais il savait que Le Maître était sur le point de révéler des informations essentielles pour résoudre cette énigme.

Il se tourna pour regarder ses amis. Zaina haussa les épaules, Arturo hocha la tête, Mandy lançait des regards assassins au Maître, et Benny commença à pleurer silencieusement.

Tom prit une profonde inspiration et s'assit. C'était l'heure de l'histoire.

CHAPITRE DOUZE

Les professeurs Bellamy, Montague et Hilltop se tenaient blottis dans les bois à l'extérieur des murs du château, attendant anxieusement que les élèves sortent. Ils avaient neutralisé les gardes extérieurs assez facilement. À présent, ceux-ci dormaient paisiblement dans la rotonde de l'autre côté du château, à l'exception de celui qui s'était endormi sur le toit et de l'autre qui était tombé du toit. Il avait été plus simple de simplement le traîner derrière quelques buissons.

Les autres avaient simplement suivi le professeur Hilltop. Utilisant un sort de métamorphose, il avait pris l'apparence d'un des Sorciers endormis et s'était écrié que le mur occidental avait été percé.

Les yeux rivés sur la porte, ils attendaient.

— Ça prend trop de temps, s'inquiéta le professeur Bellamy.

— Je suis sûr qu'ils sont simplement prudents et prennent leur temps, répondit le professeur Hilltop.

— Je me demande comment Tom s'en sort. Quelqu'un devrait-il aller jeter un coup d'œil pendant que nous attendons ? demanda le professeur Montague.

— Vous n'allez quand même pas vous asseoir sur la terre humide avec des Sorciers qui rôdent pour faire une projection astrale, n'est-ce pas ? demanda le professeur Bellamy, posant une main inquiète sur le poignet de sa collègue.

— Non, bien sûr que non. Je vais simplement m'appuyer contre cet arbre et fermer les yeux, si vous veillez sur moi pendant que je suis hors de mon corps, répondit-elle.

— Je vais vous surveiller, et Hilda peut guetter les enfants, dit le professeur Hilltop, suivant le professeur Montague jusqu'à l'arbre qu'elle avait choisi.

Il fallut moins d'une minute et elle était partie. Traversant le mur, elle traversa la cour et entra dans le château. Tout était calme, trop calme. Elle monta les escaliers, vers la pièce où ils gardaient Mandy. Elle la trouva vide.

Perplexe, elle vérifia chacune des pièces de l'étage. Les élèves étaient introuvables.

Elle retourna au premier étage et vérifia également les pièces qui s'y trouvaient. Elle se demanda si Lady Mathilda était déjà venue les chercher.

Elle suivit le couloir menant à l'avant de la maison, écoutant les signes de vie. En s'enfonçant plus profondément dans le château, elle commença à percevoir des bruits de vaisselle. Et en effet, elle trouva une poignée de Sorciers prenant un encas tardif dans la cuisine.

Elle entra dans la cuisine pour écouter leur conversation, espérant recueillir quelques informations utiles.

— Je n'arrive pas à croire que tu aies eu le culot de frapper à la porte ! disait l'un des Sorciers.

Le professeur Montague pensa qu'ils n'avaient pas l'air si menaçants sans leurs capuches. Ils étaient à peine plus âgés que Tom et ses amis. Le professeur Montague se demandait ce qui était arrivé à Jameson. Il n'était pas dans la cuisine. Était-il dehors, endormi dans la rotonde avec les autres gardes ensorcelés ?

Non, Jameson était malin. Il occuperait un rang plus élevé qu'un simple garde s'il y avait une hiérarchie parmi les sbires du Maître. Ses acolytes, en revanche, ne l'étaient pas.

Elle examina chaque visage mais ne reconnut aucun d'entre eux comme étant les élèves qui avaient été expulsés de l'Académie Harding.

Plus important encore, Alistair n'était pas avec eux, et il ne faisait pas non plus partie de ceux qu'ils avaient neutralisés.

Quand le garçon avait dit qu'il devait rentrer sous peine d'être recherché, ils avaient pensé qu'il voulait dire retourner au château. Mais il était tout à fait possible qu'il soit en mission pour le Bureau magique des affaires étrangères. C'était le soir au Royaume-Uni, mais il pouvait travailler dans une autre partie du monde.

Aussi absorbée qu'elle était par ses réflexions, elle ne voulait pas manquer ce que l'un d'eux pourrait dire.

— Je ne sais pas ce qu'il veut faire de ces autres Sorcières et Sorciers. J'espère qu'il ne prévoit pas de leur demander de nous rejoindre. Ce type, Arturo, est un tel je-sais-tout.

— Oh, oui. Je me souviens de lui. C'était celui qui pouvait léviter. Je suppose que c'est comme ça qu'ils sont entrés, répondit l'autre.

Le professeur Montague en avait assez entendu. Elle quitta la cuisine et continua dans le couloir, allant de pièce en pièce jusqu'à ce qu'elle trouve enfin ce qu'elle cherchait.

Ils étaient assis en demi-cercle au milieu de la pièce, face au Sorcier sur le trône. Le Maître. Elle n'osa pas entrer complètement dans la pièce. Certains Sorciers pouvaient sentir le changement d'énergie quand quelqu'un rendait visite depuis l'au-delà, et elle ne voulait pas perdre l'avantage d'être invisible.

Pour autant qu'elle puisse en juger, les enfants étaient indemnes. Bien que quatre d'entre eux avaient les mains liées derrière le dos. Tous, sauf Benny, essayaient activement de desserrer les cordes aussi discrètement que possible.

Les enfants écoutaient Le Maître. Elle aurait pu s'attarder pour entendre ce qu'il disait, mais elle devait retourner à son corps. Elle se retira dans le couloir, traversa une pièce adjacente et s'envola dans l'air nocturne.

Elle plana au-dessus de son corps un instant. Le professeur Hilltop montait la garde, comme promis, tandis que le professeur Bellamy fixait la porte latérale avec des yeux de hibou. Elle glissa dans son corps et ouvrit les yeux.

— J'ai bien peur d'avoir de mauvaises nouvelles.

CHAPITRE TREIZE

— Bon, où en étais-je ? demanda Le Maître.

Comme il semblait vraiment attendre une réponse, Tom s'éclaircit la gorge et dit : — Vous veniez de dire que la Magie de sang était une mutation qui peut affecter n'importe qui issu d'une lignée magique.

— Mon cher garçon, tu en parles comme d'une maladie dégénérative ! s'exclama Le Maître, visiblement consterné.

N'est-ce pas le cas ?

— C'est un don qui choisit son destinataire parmi la progéniture de l'hôte actuel.

L'hôte ?

Tom risqua un regard en biais vers Zaina. Ses sourcils étaient froncés. Oui, elle avait remarqué ça aussi.

— Je ne suis pas sûr de comprendre. Maintenant, on dirait une invasion extraterrestre, dit Tom. Il n'essayait pas de contrarier Le Maître, mais il pensait qu'aller droit au but pourrait accélérer les choses. Il se faisait tard, et la journée avait déjà été longue. Il devait rester vigilant.

Le Maître éclata de rire. C'était plutôt un ricanement grondant, en fait.

— Tom, tu es impertinent, et j'aime ça ! Il se leva avec plus de vigueur comme si le duel verbal avec Tom lui avait donné de l'énergie. Au lieu de faire les cent pas sur l'estrade comme avant, il s'éleva en lévitation et vint se tenir à quelques mètres devant son auditoire. Les mains dans le dos, il reprit son histoire comme s'il s'agissait d'une conférence TED inspirante.

— Bien que la plupart des humains magiques puissent physiquement recevoir le don, les descendants directs sont toujours les récipiendaires idéaux. Leur chimie corporelle correspond étroitement à celle du Mage de Sang et cela augmente les chances de succès.

— Vous dites que ça échoue parfois ? demanda Tom. Il était complètement dégoûté maintenant.

— Malheureusement, oui. Certaines personnes ne peuvent pas supporter ce pouvoir. Si on ne le reprend pas immédiatement, elles meurent, dit Le Maître gravement.

Voyant l'expression horrifiée de Tom reflétée sur les visages de ses amis, il s'empressa d'ajouter : — Mais pas toi, Tom. Tu es fort. Tu as déjà démontré que tu étais plus que capable de relever le défi. En fait, je parierais qu'il n'y a jamais eu de meilleur candidat. C'est peut-être parce que tu as hérité d'un peu plus de magie ou parce que ton père est mort avant de pouvoir recevoir le don.

— Mon père ? Il n'était donc pas un Mage de Sang ? demanda Tom.

Aussi excité que Tom aurait pu être à l'idée de revoir son père, il devait admettre qu'il était un peu soulagé. Quand Tom avait appris que l'une des capacités de la Magie de sang était la Nécromancie, une pensée terrible s'était logée dans son esprit. Et si Le Maître avait ramené quelqu'un à la vie après sa mort ? C'était absurde. Pourquoi quelqu'un ferait-il cela... à moins de tenir à la personne et de ne pas vouloir la laisser partir. Comme leur enfant, leur conjoint ou leur parent. Ou si la personne le leur avait demandé avant de mourir...

— Il aurait dû l'être, mais sa maladie l'avait trop affaibli, répondit Le Maître.

— Attendez. Vous dites que c'est *ça* qui l'a tué ? Vous avez essayé de lui donner le « don » et il n'a pas pu supporter ce pouvoir, alors il est mort ??

Tom se sentit étourdi et nauséeux. Pendant des années, il n'avait personne à blâmer pour la mort de son père ; Nulle part où diriger sa douleur, sa rage et sa peine. Le cancer était un ennemi invincible. Le sang de Tom commença à bouillir, et l'air autour de lui crépitait comme si la chaleur émanant de son corps faisait éclater d'invisibles grains de maïs.

— Calme-toi, dit Zaina à voix basse. Tu ne veux pas déclencher la troisième guerre mondiale.

Elle avait raison. Il devait garder son sang-froid. Tom réprima sa colère, la poussant jusqu'à ce qu'elle ne soit plus qu'un faible frémissement.

— J'en ai bien peur. Tu dois comprendre que nous pensions tous les deux que ça le guérirait, dit Le Maître.

— Vous avez tué mon père, dit Tom d'un ton neutre. Il était au-delà de la colère maintenant. Il s'était détaché de ses sentiments et ne faisait qu'énoncer un fait.

— J'ai tué mon fils ! hurla Le Maître, volant vers Tom et s'arrêtant à un centimètre de son visage.

CHAPITRE QUATORZE

Alistair avait de la peine pour son cousin. Il aurait aimé pouvoir faire davantage pour aider Tom. En l'état, il avait failli faire sauter sa couverture à son retour au château. Il avait informé le CEMB qu'il serait seul dans son bureau au château du Maître vers vingt heures.

Les Frères, comme on appelait les sbires du Maître, savaient qu'ils ne devaient pas déranger Alistair quand la porte de son bureau était fermée. Et comme il n'y avait pas de fenêtres donnant sur la bibliothèque du château, personne ne pouvait épier à l'intérieur de son bureau.

Une demi-douzaine de Frères étaient affectés au service de la bibliothèque, sous les ordres d'Alistair, et leur travail se terminait généralement à dix-huit heures. La plupart rentraient chez eux retrouver leur famille, mais quelques-uns habitaient trop loin pour faire la navette tous les jours et logeaient dans des chambres au troisième étage.

Alistair aussi vivait au château. Quand le MFO l'avait rappelé d'une mission en Italie pour infiltrer l'organisation du Maître, Alistair avait accepté immédiatement.

Jusqu'à présent, on lui avait confié des missions tranquilles de gratte-papier dans des environnements d'entreprise. Quand il avait été engagé par le MFO un an auparavant, il rêvait de missions dignes de James Bond. La vérité, c'est qu'il n'était ni dans les services secrets ni un espion. Néanmoins, il avait travaillé avec diligence, utilisé son pouvoir de ralentissement du temps pour observer plus attentivement que la plupart des agents ne pouvaient le faire, et envoyé des rapports détaillés et complets dans l'espoir d'attirer l'attention de quelqu'un au MFO.

Et il avait effectivement attiré l'attention de quelqu'un, mais pas pour ses compétences folles et son expérience. Ils l'avaient sélectionné en raison de son nom de famille, Callahan ; ses compétences n'étaient qu'un bonus appréciable.

Il avait été briefé par le MFO et le CEMB. Il aurait aimé interroger lui-même les prisonniers à La Détention, mais c'était trop risqué. Non pas qu'il y ait un danger quelconque, mais parce que l'information aurait pu fuiter et faire sauter sa couverture. Il avait plutôt lu des caisses et des caisses de dossiers et de notes sur l'enquête en cours.

La piste avait commencé un an plus tôt lorsqu'une Voyageuse nommée Phyllis Evers avait été kidnappée alors qu'elle faisait du shopping en Italie. À l'époque, le CEMB avait conclu à un accident et laissé le Conseil des Voyageurs s'en occuper.

Cependant, quelques semaines plus tard, le même auteur était impliqué dans la tentative d'enlèvement de la nièce et du neveu de Mlle Evers, Lola et Devlin Evers.

Au fur et à mesure que le complot se dévoilait, quatre personnes ont été arrêtées, jugées et envoyées à La Détention pour leur participation à un stratagème élaboré visant à s'emparer d'artefacts magiques de Voyage tels que des Clés, des Montres Temporelles et des Sphères.

Le CEMB ne serait pas intervenu si les coupables s'étaient contentés de voler des objets de famille. Mais comme ces objets leur permettaient également de Voyager n'importe où, y compris dans le passé, le futur et tous les mondes connus, une action rapide et immédiate s'imposait.

En outre, le CEMB avait contacté toutes les familles de Voyageurs pour leur suggérer fortement d'entreposer leurs artefacts au siège sécurisé du CEMB. Également, pour les informer que la Marche Temporelle et le Saut de Monde seraient désormais des activités restreintes et réglementées. La plupart des familles s'étaient conformées sans se plaindre, ne serait-ce que pour éviter d'être cambriolées à nouveau.

Comme les coupables avaient également utilisé les objets pour séparer de riches humains non-magiques de leur argent, ils étaient également accusés d'exposition dangereuse. Leur séjour à La Détention serait prolongé.

Pendant ce temps, le Frère et Le Maître, jugés responsables, étaient toujours en liberté. Bien qu'ils ne puissent en être certains, le CEMB pensait que le Frère en question était le Sorcier qui était mort des mains de Tom Callahan. L'incident avait été qualifié d'accident, d'autant plus que Tom était mineur et fréquentait L'Académie.

Le Sorcier décédé était Shaun Murphy. Il avait été un ami proche du défunt John Callahan, le père de Tom. Alistair avait fait ses études avec Derek, le fils de Shaun, et aurait assisté à la veillée funèbre même si le CEMB ne l'avait pas demandé. La veillée avait lieu dans la propre paroisse d'Alistair à Derrymore, juste à l'ouest de Belfast.

Lui et Derek n'étaient pas restés en contact après l'université, mais ils avaient été amis pendant leurs études. Derek était brillant en potions et étudiait la biochimie appliquée. Il avait obtenu son diplôme avec mention et était parti travailler dans une grande entreprise de biochimie en Allemagne.

Le CEMB avait chargé Alistair de renouer son amitié avec Derek dans l'espoir que le fils puisse être approché par Le Maître pour prendre la relève de son père et, avec un peu de chance, qu'Alistair puisse également être recruté.

Par chance, Derek était déjà en train d'être recruté par Le Maître. Quand Alistair avait exprimé son insatisfaction totale quant à son poste actuel, expliquant à quel point c'était ennuyeux et fastidieux, Derek avait commencé à lâcher lentement des indices sur le travail freelance qu'il faisait pour un nouvel employeur ici au Royaume-Uni.

Alistair jouait le jeu sur le long terme, il n'avait donc pas réagi aux premiers indices. Comme ils logeaient tous les deux chez leurs parents pour le moment, ils se retrouvaient régulièrement pour se mettre à jour, faire des randonnées ou prendre une bière au pub.

Quand Derek a mentionné qu'il irait en Écosse visiter l'installation de son employeur, Alistair a passé la vitesse supérieure.

— C'est près de la côte dans le nord de l'Écosse, a expliqué Derek. L'emplacement exact est confidentiel.

— Comment vas-tu y aller ? a demandé Alistair.

— On m'a fourni une adresse et on m'a dit qu'une voiture viendrait me chercher pour m'emmener à l'installation. La chambre et les repas sont gratuits non seulement pendant la visite, mais aussi pour tout employé embauché à plein temps. C'est dans un château !

— Ça a l'air incroyable. Je me demande s'ils auraient un poste pour moi, mais je ne suis pas un scientifique, a répondu Alistair.

Derek s'est animé au premier signe clair d'intérêt d'Alistair.

— En fait, j'ai parlé de toi à mon contact. J'espère que ça ne te dérange pas, mais il était très intéressé. Il semble qu'ils cherchent quelqu'un de jeune et de frais pour rejoindre leur équipe de relations d'entreprise.

Le sourire rayonnant d'Alistair était sincère. Premièrement, il était dans la place. Deuxièmement, si cette mission n'avait pas été une mission sous couverture, l'offre d'emploi aurait été très excitante pour quelqu'un de son âge.

— Ça a l'air incroyable. Tu crois que je pourrais venir avec toi visiter l'endroit ? Pourraient-ils m'interviewer en même temps ?

— C'est précisément ce que mon contact a suggéré. Tu devras lui envoyer ton CV et il voudra faire un entretien téléphonique, a expliqué Derek.

— Oui, bien sûr. Tout ce qu'il faut !

Derek lui avait donné une carte de visite. « Tu peux la garder ; j'en ai une autre à la maison. »

Elle semblait authentique. Il y avait un logo d'entreprise pour une société appelée Vardo Ventures. Leur siège social était basé à Oslo, en Norvège. Alistair a vérifié leur site web ; il semblait lui aussi authentique. Il a transmis l'information au CEMB et envoyé son CV à M. Edgar Nielsen, directeur des ressources humaines.

En moins d'une heure, M. Nielsen a envoyé sa réponse, invitant

Alistair à un entretien téléphonique plus tard dans la journée, s'il était disponible. Comme par hasard, il l'était.

L'entretien s'est bien passé. M. Nielsen a posé des questions typiques concernant le poste actuel d'Alistair, qui avait été fabriqué pour éviter de le relier au MFO. Il a expliqué le rôle et s'est renseigné sur les objectifs et les ambitions d'Alistair.

Le recruteur semblait satisfait des réponses d'Alistair car il l'a invité à un second entretien et à visiter l'installation avec Derek. Alistair a rapidement accepté. Avant de terminer l'entretien, M. Nielsen a expliqué que, selon la politique de santé et de sécurité de l'entreprise, tous les employés doivent consentir au protocole de dépistage de drogues et d'alcool.

— Vous voulez dire comme un test sanguin et urinaire ? a demandé Alistair.

— Oui. Les nouvelles recrues subissent des tests obligatoires avant de commencer. Des tests supplémentaires sont effectués au hasard tous les six mois.

— Je comprends. C'est pareil à mon travail actuel.

— Très bien. Je vous enverrai l'itinéraire et les instructions par courriel plus tard cet après-midi. Comme je ne serai pas présent, je vous contacterai dans quelques jours pour voir comment cela s'est passé.

— Merci, Monsieur. J'attends cela avec impatience, a répondu Alistair.

CHAPITRE QUINZE

Le vol de Belfast à Aberdeen durait à peine plus d'une heure. Comme ni Alistair ni Derek n'avaient jamais visité cette partie de l'Écosse, ils étaient arrivés quelques jours plus tôt pour découvrir les environs.

Une fois installés à leur hôtel, ils ont loué une voiture et ont remonté la côte pour visiter quelques châteaux et autres sites intéressants. Ils ont conclu leur visite par un tour de la ville et un dîner dans l'un des restaurants les plus chics du coin.

Le lendemain matin, ils ont préparé un pique-nique et se sont dirigés vers le parc national de Cairngorms. Le parc n'offrait pas de randonnées particulièrement difficiles, mais il était magnifique, et ils ont réussi à parcourir de nombreux sentiers avant de terminer leur journée à la tombée de la nuit. Ils se sont arrêtés dans un pub au bord de la route pour dîner, ont rendu la voiture et se sont couchés tôt.

Après le petit-déjeuner, ils ont quitté l'hôtel et ont attendu la voiture que Vardo Ventures devait leur envoyer.

Ce n'était pas une limousine, mais une élégante voiture noire aux vitres teintées, dont Alistair ne connaissait pas la marque. Le chauffeur a placé leurs bagages dans le coffre et leur a ouvert la porte arrière.

Les vitres étaient opaques, et la seule lumière provenait du siège avant.

Une fois installé derrière le volant, le chauffeur s'est retourné vers ses passagers.

— Les vitres sont teintées pour que vous ne puissiez pas voir où nous allons. Le trajet jusqu'à notre destination dure quarante-cinq minutes. Servez-vous des rafraîchissements, dit-il en montrant un panier sur le sol. À notre arrivée, ne soyez pas alarmés. Vous serez bandés aux yeux et conduits dans une salle sécurisée pour rencontrer quelqu'un des ressources humaines. C'est juste une précaution. Nous avons eu des problèmes d'espionnage industriel par le passé, j'en ai peur. Des questions avant que nous partions ?

Derek lança un regard inquiet à Alistair. Il n'avait manifestement pas prévu ce niveau de secret. Pour le rassurer, Alistair dit :

— Bien sûr, mon vieux. Nous comprenons. On m'a déjà bandé les yeux pour assister à une réunion à un autre étage dans mon ancien travail. C'est déconcertant, mais pas aussi rare qu'on pourrait le penser.

Satisfait, le chauffeur hocha la tête, alluma les lumières à l'arrière et activa la séparation entre eux. Une fois celle-ci relevée, Derek et Alistair se retrouvèrent pratiquement dans une boîte noire mobile.

Comme Derek semblait toujours un peu inquiet, Alistair sourit et se frotta les mains.

— Qu'est-ce qu'il y a dans le panier, à ton avis ?

Pendant qu'ils exploraient le contenu, Alistair évoqua leurs années à l'université ensemble. Bientôt, Derek se détendit, et ils passèrent le trajet à se remémorer des jours plus simples.

La voiture ralentit et s'arrêta. La séparation s'abaissa et le chauffeur leur donna à chacun un grand bandeau de soie en leur demandant de le mettre. Ils étaient devant une sorte de portail. Comme il était en métal plein, il était impossible de distinguer où ils se trouvaient.

Une fois qu'ils eurent enfilé ce qui était essentiellement un masque de sommeil sophistiqué, le chauffeur ferma la séparation et mit la voiture en marche.

— Messieurs, bienvenue ! Je m'excuse pour tout ce théâtre. Notre installation abrite des technologies hautement sensibles, et nous prenons notre confidentialité très au sérieux, déclara la jeune femme élégamment vêtue qui était entrée dans la pièce où ils attendaient.

Ils hochèrent la tête.

— Monsieur Murphy, si vous voulez bien me suivre, je vais vous conduire au Dr Müeller.

Derek se leva et la suivit jusqu'à la porte.

— Monsieur Callahan, Mme Morgenthaler sera avec vous sous peu, dit-elle avant de partir.

— Merci.

Alistair se leva de sa chaise. Conscient qu'il était peut-être sous surveillance, il fit semblant de simplement étirer ses jambes après un long trajet en voiture, les secouant, roulant des épaules. Pour un observateur occasionnel, il ressemblait à un jeune homme tentant de se détendre avant un entretien important.

Il jeta un rapide coup d'œil par la fenêtre mais ne vit pas grand-chose. La vitre était embuée et il n'aperçut que ce qui semblait être un petit jardin entouré de murs.

La porte s'ouvrit et Mme Morgenthaler entra.

— Bonjour, Monsieur Callahan. Je suis Mme Morgenthaler, responsable des ressources humaines de cette installation, dit-elle en tendant la main.

Alistair la serra fermement et répondit :

— Enchanté. Merci de m'avoir invité.

— Je vous en prie. Si vous voulez bien me suivre, nous mènerons l'entretien dans une autre salle.

Alistair la suivit dans le couloir. Ils s'arrêtèrent environ trois portes plus loin et entrèrent dans une salle de réunion d'apparence ordinaire. Deux hommes et une femme étaient assis à la table. Ils sourirent brièvement et Alistair établit un contact visuel avec chacun d'eux avant de prendre le siège qui lui était offert.

Mme Morgenthaler passa en revue l'accord de confidentialité qui se trouvait devant lui. Une fois qu'il l'eut signé, les autres participants furent présentés, et l'entretien commença.

Alistair supposait que tout le monde dans la pièce était une Sorcière ou un Sorcier, mais il ne pouvait en être sûr. C'était un entretien tout à fait routinier pour le poste auquel il postulait. Quand il demanda quels produits ou services Vardo Ventures proposait, on lui fournit un aperçu vague en lui disant que davantage serait révélé à la prochaine étape du processus d'embauche.

S'il avait réellement postulé pour ce poste, il aurait eu suffisamment d'informations pour décider s'il voulait continuer ou non.

— Pour l'instant, nous aimerions poursuivre. Si ce n'est pas votre cas, la voiture vous ramènera à votre hôtel à Aberdeen, dit Mme Morgenthaler à la fin de l'entretien.

— J'aimerais continuer, répondit Alistair. Sa curiosité était piquée, et sa mission avançait bien.

La responsable des RH sourit et fit un geste vers la porte.

— Nous avons organisé un déjeuner avec des collègues potentiels pour que vous puissiez poser vos questions dans un cadre informel. Nous nous retrouverons ici dans une heure.

Alistair la remercia, ainsi que toutes les personnes présentes à la table, et se tourna vers la porte où un jeune homme attendait.

— Bonjour, je m'appelle Nathan. Je suis avocat d'entreprise ici à Vardo Ventures, dit-il en tendant sa main. Alistair la serra. Le gars avait à peu près son âge, peut-être un an ou deux de plus. — Venez, je vais vous montrer la salle à manger des cadres.

CHAPITRE SEIZE

La salle à manger était pleine. Des employés bien habillés étaient assis à des tables de style banquet de six personnes. Nathan les guida vers une section isolée avec seulement deux tables. Alistair aperçut Derek à l'une des tables, en pleine conversation animée avec trois autres personnes. Il leva les yeux vers Alistair à son approche et lui adressa un sourire rayonnant.

Alistair lui fit un pouce en l'air et s'assit à l'autre table. On lui présenta Maria, Helmut et Josette. Ils passèrent un déjeuner charmant et Alistair se surprit à souhaiter pouvoir travailler ici avec ces personnes vraiment sympathiques.

Bien qu'ils n'aient divulgué aucune information confidentielle, ils ont pu éclairer Alistair sur les opérations quotidiennes, la culture d'entreprise, les avantages sociaux et la vie au château pour ceux qui choisissaient d'y habiter.

Quand leur temps fut écoulé, Alistair avait l'impression de s'être fait de nouveaux amis. Il n'y avait eu aucune mention de magie, et il se demanda à nouveau si ses potentiels collègues étaient des humains ordinaires ou non.

Il retourna à la salle du conseil avec Nathan. —J'espère te revoir, proposa le jeune homme. Je n'habite pas ici, donc je ne saurai pas si tu es resté jusqu'à demain. Mais Helmut et Josette te verront au dîner, si tu choisis de rester pour la prochaine étape.

Ils se serrèrent la main. Alistair sourit et retourna à sa place. Il n'y avait que Mme Morgenthaler dans la salle. Elle lui demanda s'il souhaitait continuer le processus de recrutement, ce qu'il accepta. Elle passa en revue le formulaire de consentement pour le protocole de dépistage de drogues et d'alcool, ainsi qu'un formulaire pour les tests cognitifs, de personnalité et biométriques.

Bien qu'il n'appréciât pas l'idée qu'on lui prélève du sang, il était enthousiaste à l'idée des autres tests. Il aimait les examens pré-embauche et y réussissait souvent très bien. Il signa les formulaires de consentement.

—Les tests cognitifs et de personnalité se feront sur ordinateur, expliqua-t-elle en plaçant un ordinateur portable devant Alistair. Vous aurez une heure pour compléter chaque test avec une courte pause entre les deux. Avez-vous besoin d'utiliser les toilettes avant de commencer ?

Alistair n'avait pas besoin des toilettes, mais il affirma que oui, et on lui montra un petit cabinet de toilette quelques portes plus loin. Une fois à l'intérieur, il utilisa un sort pour détecter caméras ou autres dispositifs d'écoute. Il n'y en avait aucun. Il sortit son portable, entra son code de brouillage et envoya un message à son contact au MFO.

S'ils prenaient son téléphone, ils verraient qu'il avait écrit à sa mère pour lui faire savoir qu'il avait passé les premières étapes de l'entretien et qu'il s'apprêtait à faire une évaluation de personnalité. Sa « maman » lui avait répondu avec un émoji pouce en l'air, ce qui le fit sourire.

Il utilisa les toilettes, se lava les mains et sortit du cabinet.

Il lui fallut trente-huit minutes pour compléter l'évaluation cognitive, et quarante-deux minutes pour terminer le profil de personnalité. Ensuite, on lui donna une simulation de boîte de réception. Le test en ligne recréait l'exercice traditionnel de boîte de réception/envoi pour mesurer les compétences managériales fondamentales.

Puis, ses compétences d'écoute, de lecture, d'écriture, d'expression orale et de résolution de problèmes furent testées. Six scénarios étaient présentés sous différents formats. Une lettre de plainte imprimée d'un fournisseur insatisfait, un message vocal d'un employé mécontent, un message vidéo d'un supérieur qui exprimait des inquiétudes concernant sa performance, et quatre courriels de collègues de différents départements. Il devait évaluer chacun d'eux, déterminer la meilleure ligne de conduite et répondre via le même média que celui utilisé pour le message original.

Cette tâche prit le plus de temps et aucune échéance ne lui avait été donnée, bien qu'il sût qu'il était chronométré. Il les avait tous traités en moins d'une heure. Il s'attendait simplement à rédiger sa lettre, envoyer les courriels et enregistrer des réponses aux messages vocaux et vidéo.

Cependant, un téléphone lui fut fourni pour répondre au message vocal. Quand il décrocha le combiné, il fut surpris de trouver une personne réelle à l'autre bout de la ligne. Alistair pensa avoir bien géré l'appel.

Pour la réponse au message vidéo, il y eut une véritable vidéoconférence où il interagit avec l'un des hommes qui l'avait interviewé plus tôt. Le problème fut résolu, et il passa aux courriels.

Il ne fut pas surpris quand il reçut des courriels de suivi et dut y répondre également. Heureusement, aucune réponse ne vint des lettres imprimées.

Lorsque Mme Morghentaler revint dans la pièce trente minutes plus tard avec ses résultats, Alistair était épuisé.

—À ce stade, nous aimerions poursuivre. Si vous ne le souhaitez pas, la voiture vous ramènera à votre hôtel à Aberdeen, dit Mme Morgenthaler, répétant sa déclaration précédente presque mot pour mot. Elle faisait probablement cela chaque semaine.

—J'aimerais poursuivre, répondit Alistair.

—Parfait, je vais demander à Mlle Parker de vous montrer les chambres que vous partagerez avec M. Murphy.

—Donc, Derek poursuit aussi ? demanda Alistair. C'était une question stupide, mais qu'un candidat ordinaire pourrait poser, pensa-t-il.

—En effet. Vos affaires seront envoyées dans un instant. Demain matin, avant le petit-déjeuner, nous procéderons aux tests de dépistage de drogues et d'alcool et au dépistage biométrique, dit-elle. Elle lui tendit une grande enveloppe blanche.

—Vous trouverez un contrat préliminaire décrivant notre offre initiale dans cette enveloppe. Prenez le temps ce soir de le parcourir et de l'annoter. Nous discuterons des modifications dont vous pourriez avoir besoin après le petit-déjeuner.

Avant qu'il ne puisse demander, elle ajouta : —Vous pouvez discuter de l'offre avec M. Murphy.

Elle l'accompagna jusqu'à la porte où Mlle Parker, la dame qui les avait accueillis plus tôt, l'attendait.

—Heureuse de voir que vous êtes toujours avec nous, M. Callahan. Laissez-moi vous montrer vos chambres afin que vous puissiez vous reposer et vous rafraîchir avant le dîner.

CHAPITRE DIX-SEPT

Quelles que soient les attentes d'Alistair, ce n'était certainement pas ça. Il venait d'entrer dans les « appartements » qu'il partageait avec Derek, et ses bagages étaient déjà à l'intérieur près de la porte ; un groom avait dû les apporter. C'était une suite de deux chambres avec une salle de bain complète et une petite cuisine.

Derek sortit de l'une des chambres avec un large sourire. Il tournoya les bras écartés au milieu du salon.

— Tu crois que c'est ce qu'ils entendent par « courtiser les candidats » ? demanda-t-il.

Alistair comprenait ce qu'il voulait dire, mais cela ne lui était jamais arrivé auparavant. Un de ses amis avait reçu des offres de trois entreprises différentes à la fin de ses études, chacune plus extravagante que la précédente.

— Je pense que oui ! répondit-il en se laissant tomber dans l'un des canapés.

Derek s'assit face à lui.

— Comment se sont passés tes entretiens ? Ils t'ont aussi demandé plusieurs fois si tu voulais partir ?

— Ouais. Au moins trois fois. Tu as un examen médical demain matin ? demanda Alistair.

— Oui. Je déteste les aiguilles !

— Pareil.

Ils restèrent silencieux un moment, chacun perdu dans ses pensées, ou peut-être profitant d'une petite sieste réparatrice.

Il n'y avait pas grand-chose qu'Alistair pouvait discuter avec Derek concernant l'affaire. Même s'il ne faisait clairement pas encore partie de l'organisation du Maître, il ne pouvait toujours pas lui faire confiance avec la vérité. Il y avait trop en jeu.

— Tu crois qu'on est les seuls Sorciers ici ? demanda-t-il finalement.

Derek se redressa.

— Je me pose la même question depuis ce matin. Il n'y a eu absolument aucune mention de quoi que ce soit lié à la magie. Je repensais à mes interactions avec M. Nielsen. On communiquait principalement par email. Il n'a jamais fait référence à la magie non plus, mais il sait que j'ai travaillé pour l'entreprise allemande de biochimie. Cet endroit est dirigé par des Sorcières et des Sorciers. Enfin, ils embauchent peut-être aussi des humains dans certains départements, dit-il.

— Qu'est-ce que tu as fait pour lui avant ? Tu as dit que c'était du travail freelance, demanda Alistair, essayant d'avoir l'air décontracté tout en jouant avec un coussin décoratif.

— Je ne peux pas en parler spécifiquement, mais c'était du travail de laboratoire, répondit-il. Derek n'avait pas l'air de quelqu'un qui aurait fait quelque chose de louche ou d'illégal. C'était une réponse normale dans son domaine de travail.

Il se leva et demanda :

— Tu veux être le premier à utiliser la douche ?

— Vas-y d'abord. Je dois envoyer un message à ma mère pour qu'elle ne s'inquiète pas, répondit Alistair.

— Oh ! Merci de me le rappeler. Je devrais aussi donner des nouvelles. Maman est un peu collante depuis la mort de papa.

— C'est compréhensible. Et toi, comment vas-*tu* ? s'enquit Alistair.

Derek haussa les épaules et baissa les yeux vers ses pieds.

— Ces deux derniers jours ont été géniaux. Je n'y ai pas autant pensé, répondit-il.

CHAPITRE DIX-SEPT

Alistair soupira.

— Mec, je suis désolé d'avoir abordé le sujet.

— C'est bon. Mon père serait tellement fier. C'est lui qui m'a suggéré de contacter M. Nielsen en premier lieu. Je regrette juste qu'il ne puisse pas voir le résultat.

— Moi aussi, répondit Alistair. Il se sentait comme un crétin. Non seulement parce qu'il avait rappelé à Derek son chagrin alors qu'il avait enfin réussi à s'en distancer, mais aussi à cause de la façon dont le père de Derek était mort. Si c'était vraiment le repaire du Maître, Derek le découvrirait tôt ou tard et, bien qu'Alistair n'y soit pour rien, il se sentait coupable par association.

Heureusement, Derek quitta la pièce et Alistair n'eut plus besoin de regarder son expression triste pour savoir ce que ressentait son ami.

Il se leva, prit ses bagages et les emmena dans l'autre chambre. Elle était propre et bien décorée, bien qu'Alistair ne puisse pas définir le style. Le mobilier s'accordait avec le vieux château sans paraître désuet. Ça fonctionnait.

Il sortit son téléphone et donna des nouvelles à sa mère et à l'OMF. Il trouvait pathétique que les seules personnes à qui il envoyait des messages soient sa mère et son employeur. Il aimerait être dans une relation avec la bonne personne. Mais son travail à l'OMF impliquait souvent de se déplacer beaucoup, de cacher sa véritable identité et de mentir sur à peu près tout. Pas les meilleures conditions pour une liaison romantique.

Il retourna dans le salon pour prendre son contrat et le sortit de l'enveloppe en retournant dans sa chambre. Il était épais, indexé et détaillé. Les tâches restaient assez génériques, mais tout le reste était clairement défini. Rémunération, évaluations de performance, horaires, congés et autres avantages.

Quand il entendit Derek dire que la salle de bain était libre, il posa le contrat sur le petit bureau et rassembla ses affaires de toilette.

Il restait suffisamment d'eau chaude pour effacer le stress de la journée. Alistair se demandait s'il y avait un moyen d'accepter l'offre d'emploi, pas seulement comme couverture. Cela semblait être une opportunité vraiment incroyable. Puis il se moqua de lui-même, se rendant compte que c'était précisément le but ! Alors qu'il les manipulait pour qu'ils l'embauchent afin d'infiltrer le cercle intime du Maître, ils faisaient probablement la même chose avec lui.

Qui dans son bon sens embaucherait un jeune de vingt-deux ans avec un an d'expérience pour un poste aussi prestigieux ?

Sois réaliste !

Les choses étaient différentes pour Derek. Il avait toujours été un étudiant de premier ordre et il était normal qu'il soit recruté par une entreprise de premier plan. La culpabilité d'Alistair revenait avec une nouvelle raison à ajouter à la pile de pourquoi il était un crétin. Le travail de rêve que Derek pensait obtenir n'était pas réel. Ce n'était qu'une ruse pour l'amener à s'engager dans une confrérie satanique.

Cela dit, Alistair n'avait aucune idée de comment Derek réagirait. Vulnérable comme il l'était, il pourrait sauter sur l'occasion de s'associer avec les anciens amis de son père. On ne pouvait vraiment pas savoir.

Alistair essaya de se détendre. Il réfléchissait trop encore une fois et s'appropriait des problèmes qui n'étaient pas les siens à résoudre. Il devait rester concentré sur sa mission.

Quand il sortit de la douche, il vit que Derek était habillé d'un pantalon et d'une chemise sans cravate. Cela semblait être une tenue appropriée, et il fit de même.

À dix-huit heures trente, quelqu'un frappa à la porte. Derek ouvrit et laissa entrer une jolie fille d'environ leur âge, vêtue d'une élégante robe en laine. Alistair la reconnut comme l'une des personnes avec qui Derek avait déjeuné.

— Voici Kenya, sourit-il.

Alistair tendit la main et dit :

— Enchanté, je suis Alistair.

— Enchantée également. Je suis venue vous emmener dîner. Nous mangerons dans la salle à manger du personnel ce soir.

— Sommes-nous habillés correctement ? demanda Derek, montrant sa tenue.

— Oui, c'est parfait. La plupart des gens porteront encore leurs vêtements de travail. Certains seront en jean, mais personne ne sera en costume complet, donc c'est bien que vous vous soyez changés, expliqua-t-elle.

— Parfait, allons-y. Je meurs de faim, dit Derek, tendant la main vers la porte mais Kenya leva une main pour l'arrêter.

— Avant de partir, je dois vous expliquer quelques petites choses. D'abord, vous devrez porter ces badges autour du cou. Elle les sortit de sa poche et leur en donna un chacun. Ils indiquaient simplement « Visiteur ». — Cela permet au personnel régulier de savoir de ne pas discuter d'informations sensibles avec vous ou en votre présence. J'espère que vous comprenez, dit-elle en se mordant la lèvre.

— Oui, bien sûr, répondit Alistair.

— Cela dit, tout le monde, y compris le personnel régulier, est encouragé à éviter de parler du travail après dix-huit heures. Le travail est fascinant, mais les journées sont longues et parfois éreintantes. L'administration souhaite que nous débranchions et nous détendions quand la journée est terminée, comme c'est le cas pour ceux qui rentrent chez eux en fin de journée.

— Ça semble raisonnable, dit Derek. Autre chose ?

— Non, c'est tout.

La salle à manger du personnel n'était pas aussi chic que celle des cadres, mais elle restait très élégante. Il devait y avoir au moins trois cents personnes dans la salle, réparties dans la grande salle de bal. Est-ce que certains employés dînaient avant de partir ou s'agissait-il uniquement de ceux qui vivaient au château ? Quelle était la taille de cet endroit !

La nourriture était servie style cafétéria depuis deux stations différentes à chaque extrémité de la salle.

— C'est la même nourriture aux deux bouts ? demanda Derek. Alistair se posait la même question. Kenya répondit que oui, et ils se mirent en file à celle qui était la plus proche d'eux.

Pendant qu'ils attendaient, Alistair aperçut Helmut et Josette et fut invité à les rejoindre à leur table.

Il allait vérifier si cela convenait à Derek, mais ce dernier était absorbé par ce que disait Kenya et ne lui prêtait pas la moindre attention. On pouvait supposer sans risque qu'il serait très bien en sa compagnie agréable.

Le dîner avec Helmut, Josette et leurs autres amis fut excellent. Alistair remarqua que personne ne donnait son nom de famille et que les conversations restaient légères et amicales.

Il déclina une invitation à une soirée jeux de société après le dîner. Bien qu'il aurait adoré y participer, il voulait examiner son contrat et se coucher tôt car il était presque certain de devoir se lever de bonne heure pour les analyses de sang.

Avant de retourner à sa chambre, il s'arrêta à la table de Derek.

— Je vous rejoins bientôt, vas-y sans moi, dit ce dernier, sans rompre le contact visuel avec Kenya. Voilà une autre incitation pour Derek à accepter l'offre d'emploi de Vardo Ventures.

En arrivant dans le couloir, Alistair retraça facilement son chemin jusqu'à leur suite et entra. Ils n'avaient pas verrouillé la porte puisqu'aucune clé n'avait été fournie. À part son téléphone et son portefeuille, qu'il gardait toujours sur lui, il n'y avait pas grand-chose à voler de toute façon.

Les pièces semblaient intactes, mais il fit un rapide balayage pour s'assurer qu'il était seul.

Il était sur le point de vérifier ses messages téléphoniques quand un bout de papier fut glissé sous sa porte. C'était l'emploi du temps du lendemain. Tests sanguins et urinaires à six heures, contrôle biométrique à six heures trente, petit-déjeuner à sept heures, suivi d'une réunion pour examiner les résultats. Ensuite, négociations contractuelles. S'ils parvenaient à un accord, un contrat final serait signé. Une visite complète des installations était prévue après le déjeuner. Le départ était fixé à seize heures.

Alistair mit à jour l'OMF, confirma leur réservation à l'hôtel pour dimanche soir et envoya un message à sa mère pour lui dire qu'il serait de retour lundi.

CHAPITRE DIX-HUIT

Alistair et Derek ont quitté le château dimanche avec leurs contrats signés. Ils allaient mettre leurs affaires en ordre, faire quelques bagages et revenir dans quelques jours. Ils auraient pu attendre pour commencer la semaine suivante, mais Derek était impatient de débuter ce nouveau chapitre de sa vie. Alistair, lui, était pressé de résoudre cette affaire ; cela prenait plus de temps que prévu.

Cette phase de la mission d'Alistair avait été un succès. Il avait été embauché par l'entreprise et allait vivre au château, mais personne lié au Maître ne l'avait encore approché. Seul le temps le dirait.

Quand ils sont revenus mercredi après-midi, Alistair s'attendait à ce que le chauffeur s'arrête et leur fournisse un nouveau masque pour les yeux. Puis, il s'est rappelé que certains employés conduisaient pour aller au travail et en revenir, donc ils savaient évidemment comment s'y rendre.

La pétillante Mlle Parker les attendait avec leurs badges d'accès.

— Ne les perdez pas et ne les prêtez pas à un collègue. Ils ont été configurés selon votre profil et votre rôle, a-t-elle dit. Puis, elle a pris deux téléphones portables tout neufs et les leur a distribués.

— Voici votre téléphone professionnel. Vous devriez laisser votre téléphone personnel dans vos chambres. En parlant de ça, a-t-elle fait une pause pour récupérer une paire de clés, voici les clés de votre chambre. Ça ne vous dérange pas si je vous ai mis ensemble dans la même chambre, n'est-ce pas ?

Ils ont acquiescé et pris les clés.

Elle a sorti son propre téléphone et leur a montré les fonctionnalités spécifiques à Vardo, notamment un plan des installations, un annuaire du personnel, un portail RH, un calendrier des événements et d'autres applications utiles.

— Si vous appuyez ici, vous pouvez vous faire livrer de la nourriture dans votre chambre au lieu de manger à la cafétéria.

— Cool, a dit Derek. Je n'ai pas toujours envie de bavarder.

— Pareil ! a répondu Alistair.

— Il y a diverses sorties et activités les week-ends. Si vous voulez aller en ville pour faire des courses ou dîner, vous verrez les horaires de la navette sur cette application, a-t-elle indiqué en pointant une application en forme de bus. Enfin, je suis sûre que vous vous débrouillerez, les garçons.

Alistair a ouvert le plan et a fait semblant de vouloir savoir comment se rendre à leur chambre. Il a remercié Mlle Parker et est parti, Derek sur ses talons.

D'après ce qu'il pouvait voir, il s'agissait bien d'un plan des installations, mais pas du château entier. Vardo Ventures semblait occuper la moitié ouest du château au-dessus du sol, et toute sa longueur en sous-sol. Cela prendrait peut-être un peu de temps, mais Alistair était déterminé à fouiner autant que possible sans se faire prendre. Ce serait difficile puisque le traceur de localisation sur le téléphone indiquait votre position. C'était utile pour se déplacer, mais pas tellement quand on prévoyait d'aller dans des endroits interdits. Il allait devoir mémoriser le plan et se débarrasser du téléphone lors de ses explorations.

Ils se sont installés dans leur suite, ont défait leurs bagages et ont rejoint leurs nouveaux amis pour le dîner. Cette fois, Alistair n'allait refuser aucune activité après le dîner, même s'il s'agissait d'une partie de charades.

C'était la soirée télé. Ils diffusaient des épisodes de La Quatrième Dimension dans le vieux théâtre. Il y avait même du pop-corn ! Vers vingt et une heures trente, tout le monde a commencé à se souhaiter bonne nuit.

Quand Alistair est arrivé dans sa chambre, il a ouvert l'application d'emploi du temps. Mme Morgenthaler avait raison. Les journées *étaient* longues, mais il y avait de nombreuses opportunités de faire des pauses tout au long de la journée.

En semaine, le petit-déjeuner était servi à six heures, et le travail commençait à sept heures précises. Ils avaient une pause déjeuner de soixante-quinze minutes qu'ils pouvaient prendre à tout moment entre onze heures et quinze heures, et la journée se terminait à dix-sept heures trente. Le dîner était servi à dix-huit heures et était disponible pour tous les employés, qu'ils vivent sur place ou non.

Chaque jour, ils avaient également soixante-quinze minutes de temps pour prendre soin d'eux, qui ne pouvaient pas être reportées. Ce temps pouvait être fractionné en mini-pauses, ajouté au déjeuner, ou leur permettre de commencer plus tard ou de finir plus tôt. Quand Alistair a cliqué dessus, on lui a proposé diverses options comme se faire masser, aller à la salle de sport, faire une sieste ou parler à un thérapeute. Toutes les activités étaient gratuites, tant qu'elles étaient réservées via l'application.

Alistair a décidé qu'il prendrait un long déjeuner le lendemain pour explorer les lieux. Il a consulté le plan pour localiser la salle de sport et d'autres lieux d'intérêt. Demain, il prendrait connaissance des lieux.

CHAPITRE DIX-NEUF

Il a fallu à Alistair une semaine pour prendre ses repères, apprendre les routines et trouver les accès aux parties du château qui n'étaient pas sur le plan. Sa meilleure stratégie consistait à laisser son téléphone dans une salle de bain, caché par un charme d'invisibilité, et utiliser son don temporel pour explorer sans s'absenter trop longtemps.

Pendant ce temps, il appréciait son travail et avait déjà été félicité deux fois pour ses performances exemplaires.

Lui et Derek n'avaient toujours pas découvert s'ils étaient les seuls Sorciers à Vardo. Si des humains magiques faisaient partie de l'administration, ils identifieraient facilement les employés magiques grâce à leurs analyses de sang. Il y avait des marqueurs dans le sang, bien que seuls des tests avancés pouvaient déterminer de quelle lignée magique ils provenaient. Vu la taille du laboratoire au sous-sol, il était raisonnable de penser que cette installation pouvait réaliser ce genre d'analyses.

Derek adorait son travail et ne voulait jamais partir. Ils l'avaient ferré complètement. C'était tout : le travail, les avantages, et Kenya.

Il y avait quelques clauses concernant les relations au travail dans le contrat. Elles n'étaient pas interdites, mais il existait une procédure de déclaration.

Et comme il s'est avéré, il y *avait* d'autres humains magiques aux alentours. C'est Kenya qui a invité Derek, qui à son tour a invité Alistair, à une réunion pour Sorcières et Sorciers. Au fur et à mesure que Derek et Kenya se rapprochaient, ils se sont confiés cette partie de leur passé.

Kenya a expliqué comment elle et des amis partageant les mêmes idées se réunissaient une ou deux fois par semaine dans un lieu sécurisé. Alistair se demandait si c'était son entrée. S'agissait-il d'une activité mise en place par Vardo pour satisfaire leurs employés magiques ? Ou était-ce la façon dont Le Maître recrutait ses sbires ? Dans tous les cas, ils savaient maintenant qu'ils n'étaient pas les seuls Sorciers.

Alistair était surpris que Derek ait accepté ; cela lui semblait louche, même à lui.

Ah, le pouvoir de l'amour.

Comme de fait, la réunion avait lieu dans une salle derrière le théâtre. Sur le plan, Alistair pouvait voir que l'arrière du théâtre longeait la ligne où le château était divisé en deux. La porte par laquelle ils entraient menait hors de Vardo Ventures et, Alistair l'espérait, dans le repaire du Maître.

Sa patience fut récompensée. En entrant, on leur a fourni des robes noires simples. Cela semblait être une affaire formelle et organisée. Une fois qu'ils les eurent enfilées, on leur a demandé de faire un serment de sang promettant de ne jamais révéler ce qu'ils verraient ou entendraient lors d'une de ces réunions.

Alistair et Derek se sont regardés, incertains.

— Ce n'est pas pire que l'accord de confidentialité que vous avez signé. C'est juste un peu plus théâtral, a dit Kenya, tenant un athame rituel.

— Et un peu moins hygiénique, a répondu Derek.

Kenya a haussé un sourcil et pincé les lèvres. Elle a tendu la lame devant elle, mais loin des garçons, et a claqué des doigts. Une flamme a jailli de son doigt et elle l'a passée trois fois sur la lame avant de souffler sur la flamme pour l'éteindre comme s'il s'agissait d'un pistolet fumant. Elle a retourné la lame et présenté le manche à Derek.

Comme il ne le prenait pas immédiatement, elle a mis une main sur sa hanche et s'est tournée vers Alistair. Alistair a pris le couteau, fait une petite entaille dans la partie charnue de sa main, et dit : « Je jure solennellement de rester silencieux sur ce que je vois et entends ce soir. »

Il lui a rendu le couteau et a fermé son poing au-dessus du bol sur la table, laissant couler quelques gouttes, puis a saisi une des serviettes en papier et l'a pressée contre la plaie.

Kenya a hoché la tête, satisfaite, essuyé la lame et répété son rituel de désinfection pour Derek.

Un serment de sang était difficile à falsifier. Tout était dans la formulation. De la façon dont il avait formulé son serment, il ne pourrait pas *dire* quoi que ce soit à propos des réunions, mais il *pourrait* envoyer des textos à ce sujet.

Une fois Derek assermenté, ils sont entrés dans la pièce principale où une douzaine de silhouettes en robe et capuche étaient assises silencieusement en cercle. Kenya a indiqué trois sièges et mis un doigt sur ses lèvres pour qu'ils restent silencieux. Elle a ensuite pointé ses yeux et dirigé leur regard vers un siège vide en face d'eux. Derek et Alistair ont acquiescé et attendu que la personne censée arriver se présente.

La pièce était nue, à part les chaises, qui étaient rassemblées sous un grand lustre pour fournir assez de lumière pour trouver leur chemin, mais pas assez pour voir clairement le visage de quiconque. Une porte s'est ouverte à l'autre bout de la salle et une autre silhouette encapuchonnée est entrée.

Elle s'est dirigée vers le siège vide mais ne s'est pas immédiatement assise. Étendant ses mains de chaque côté, elle a fait un geste ascendant. À l'unisson, tous les participants se sont levés.

— Je suis Frère Jameson, membre loyal du Cercle Intérieur du Maître. Êtes-vous venus pour le rejoindre ? a dit une voix au timbre plutôt jeune.

À l'unisson, l'assemblée a répondu : « Oui. »

Il a de nouveau tendu les bras, fait un geste vers le bas, et tout le monde s'est assis.

Alistair se demandait s'il s'agissait du garçon disparu de l'Académie Harding, celui qui avait disparu après ses altercations avec Tom dans le donjon et la Tour Ouest. Un seul regard sur son visage confirmerait cela, mais le visage de Jameson restait dans l'ombre.

— Qui parmi vous est ici pour la première fois ? a demandé Frère Jameson.

Quelques-uns ont levé la main, y compris Derek et Alistair.

— Bienvenue, nouveaux amis. Vous avez été invités à cette réunion pour entendre parler d'une autre opportunité de recrutement. Si, après avoir entendu ce que j'ai à dire, vous ne souhaitez pas continuer, sortez simplement par où vous êtes entrés, laissez la robe, et n'en parlez à personne. Votre serment de sang devrait vous assurer de respecter ce dernier point.

Ils ont hoché la tête et baissé les mains.

— Commençons. Le Maître est un Mage du Sang. Il peut guérir les malades et les blessés, contrôler les autres par leur sang, et même ressusciter les morts.

Il a marqué une pause pour l'effet. Il y a eu quelques hoquets et Alistair a entendu quelqu'un dire rapidement « ouais » à voix basse.

— Il recrute des disciples pour l'aider à reconstruire la communauté magique dans toute sa gloire d'antan. Depuis trop longtemps, nous nous cachons dans l'ombre, laissant les humains diriger le monde.

L'assemblée a manifesté son accord.

— Qu'ont-ils fait de leur pouvoir ? Ils ont détruit nos ressources naturelles et se sont rendus malades. Ils ont pollué leurs corps comme ils ont pollué nos rivières, nos lacs et nos océans.

Il prenait de l'élan ; les gens l'acclamaient maintenant.

— Le Maître propose un nouvel ordre mondial, où les Sorcières et les Sorciers règneraient ; où toutes les espèces magiques et non magiques seraient égales, et où nourriture, abri et guérison seraient gratuits pour tous ceux qui en feraient la demande.

L'assemblée a commencé à applaudir. Alistair était ému par le discours de Jameson autant que n'importe qui dans la salle. Le gars était bon. Il a levé une main pour les faire taire.

— Le Maître a besoin de dirigeants, d'ambassadeurs, de guérisseurs, de scientifiques, d'avocats et de toutes sortes de joueurs de qualité comme vous pour son équipe. Qui ici veut rejoindre l'équipe gagnante ?

Tout le monde s'est levé, y compris Alistair. Pour autant qu'il puisse en juger, Jameson ne les charmait pas au sens magique du terme. Il utilisait la bonne vieille propagande psychologique. Combien de ces puissantes Sorcières et Sorciers se sentaient vraiment impuissants à changer le monde ? Ils suivraient le joueur de flûte jusqu'à la mort en pensant qu'ils étaient là pour rendre le monde meilleur.

C'était l'une des raisons pour lesquelles Alistair avait rejoint l'OMF. Il voulait aider, mais le secret permanent limitait la portée de leurs bonnes actions, souvent restreintes à la seule communauté magique.

— Je suis heureux de voir que nous avons trouvé des penseurs progressistes pour rejoindre nos rangs. Venez, suivez-moi. Le Maître vous attend, a-t-il dit en se levant et en se dirigeant vers la porte par laquelle il était arrivé.

Il y a eu un murmure d'excitation tandis que tout le monde se mettait en file derrière lui. Alors qu'Alistair se mettait en ligne, il a remarqué que certaines personnes retroussaient leurs manches et montraient leur bras à la silhouette qui attendait à la porte. Il leur a fait signe de la tête et est sorti dans le couloir.

Alistair, Derek et les autres nouvelles recrues ont reçu des sacs noirs à mettre sur leur tête. Il était trop tard pour faire marche arrière maintenant. Alistair s'est exécuté et s'est laissé guider par une main étrangère.

CHAPITRE VINGT

Tom déglutit bruyamment. Il se trouvait face au Maître et pouvait clairement voir ses traits. Ça devait être son grand-père, Brendan. Mais il paraissait bien plus âgé que soixante ans. Cet homme semblait avoir largement dépassé les quatre-vingt-dix ans.

Tom ne savait pas comment réagir à ce récit. L'angoisse dans la voix du Maître semblait authentique. Quand il posa une main réconfortante sur l'épaule de Tom, ce dernier dut mobiliser toute sa volonté pour ne pas reculer.

— Souhaitez-vous vous asseoir, Monsieur ? demanda Tom, espérant se libérer du contact de cet homme.

Le Maître plongea son regard dans celui de Tom, comme s'il sondait son âme.

— Tu lui ressembles beaucoup, dit le Maître. Ton père était gentil et généreux, mais au fond, il était faible. Et ça n'avait rien à voir avec sa maladie.

Le Maître lâcha Tom et s'éloigna de lui. Il grimaça, soit de douleur soit de dégoût, tout en se redressant de toute sa hauteur et commença à faire les cent pas devant son auditoire captif. Lorsqu'il reprit son récit, Tom se rassit.

— Je sais déjà que tu es plus fort, Tom. Tu l'as prouvé à plusieurs reprises.

Il s'interrompit et glissa une main dans les plis de sa robe pour en sortir un petit objet.

Ma bague !

— Tu vois, Tom. Après l'incident malheureux avec ton père, j'avais besoin de te tester d'une manière qui ne mettrait pas ta vie en danger. Aussi jeune que tu sois, tu n'as pas encore eu l'occasion d'engendrer des héritiers. Tu es donc mon dernier espoir.

Il reprit sa marche, changeant de direction cette fois. Il ne regardait ni Mandy, ni Zaina, ni Benny, ni Arturo quand il parlait, mais Tom se demandait s'il vérifiait qu'ils étaient toujours solidement attachés à leurs chaises. Il n'aurait été surpris par aucun d'entre eux s'ils essayaient de se libérer de leurs cordes pour échapper à ce mélodrame.

Le Maître tenait la bague entre son pouce et son index.

— C'était très astucieux de ma part d'ensorceler la bague, commença-t-il.

Tom releva brusquement la tête.

— Mais la bague a été examinée par le Directeur Lianon et le Professeur Montague. Ils ont tous deux déclaré que ce n'était qu'une simple bague.

— *Une simple bague* ? Sache que c'était la bague de Petunia. Celle que je lui ai donnée à la naissance de Conor. Tu ne vois pas comment les vignes forment un « C » ? dit-il en s'approchant et en plaçant la bague devant le visage de Tom.

— Papa disait que c'était un « C » pour Callahan, répondit Tom.

Le Maître renifla avec dédain et cracha :

— Une malheureuse coïncidence. Penser que tout mon héritage portait le nom d'un autre homme. C'est à en vomir.

Tom fronça les sourcils. Que racontait encore ce fou ?

— Je ne comprends pas, Monsieur. Êtes-vous retourné dans le passé ? demanda-t-il.

— Je vais trop vite. La bague était imprégnée de mon sang, d'où la Magie de sang. C'est une magie plus ancienne que celle de cette Sorcière Montague, bien que pas plus ancienne que celle du Grand

Elfe. Je suis surpris qu'il ne l'ait pas détectée. Cela dit, il se trouvait dans son école bulle quand il l'a examinée et n'avait probablement pas accès à toutes ses capacités.

Tom jeta un coup d'œil à Zaina. Elle écoutait attentivement et faisait des signes de tête à Tom ; cela lui fit penser qu'elle l'encourageait à faire parler le vieil homme.

— Donc, c'est comme ça que j'ai eu la Magie de sang tout ce temps ? commença à s'inquiéter Tom.

— En effet. As-tu été capable de l'utiliser depuis que ta bague a été prise ? demanda-t-il.

Tom dut réfléchir. Il avait été occupé avec l'école, les cours et ses nouveaux amis.

— Je n'en ai pas eu l'occasion, répondit-il, toujours plongé dans ses pensées. Pourquoi avez-vous alors échangé les bagues ? Je suis sûr que je pouvais faire de la Magie de sang même après que vous avez échangé les bagues, dit Tom, essayant de se rappeler.

— La deuxième bague contenait plus de pouvoir. Je voulais voir comment tu la gérerais. Comme je l'ai dit, j'ai pris des précautions supplémentaires avec toi, répondit le Maître.

— Elle m'a rendu méchant, paranoïaque et déprimé. Je ne suis pas sûr de l'avoir très bien gérée, souffla Tom.

Le Maître ricana et se tourna vers Tom depuis sa position derrière Benny. Les yeux de son ami s'élargirent tandis qu'il essayait de tordre son cou pour voir à quelle distance se trouvait le Maître. Pour l'essentiel, le Maître continuait d'ignorer les autres ; c'était presque comme s'il avait une autre paire d'yeux qui surveillait tout le monde à la fois, en secret.

— Ce n'était pas la bague. C'était probablement une réaction de stress post-traumatique.

— Je me suis senti beaucoup mieux après qu'Emmet me l'a prise, répliqua Tom.

— Tu t'es senti mieux parce que tu avais quelque chose, *quelqu'un* à blâmer pour tout ce qui se passait. Tu t'es senti mieux parce que tu avais quelqu'un à qui parler, quelqu'un en qui tu pensais pouvoir avoir confiance, expliqua le Maître.

CHAPITRE VINGT

Tom devait admettre que c'était une possibilité logique. Il s'était fait manipuler à tant de niveaux, c'en était embarrassant. C'est alors qu'une pensée des plus inquiétantes lui vint à l'esprit. *Si je n'ai aucun pouvoir, à part la magie de Voyage, sans la bague, comment suis-je censé vaincre le Maître ?*

CHAPITRE VINGT ET UN

— Tendez votre bras gauche, dit Jameson.

Alistair avait été conduit dans une autre pièce. Il y faisait chaud. Mais la chaleur qui irradiait autour de son bandeau ne lui procurait aucun réconfort. Il pouvait sentir l'odeur du bois qui brûlait et entendre le crépitement du feu à sa droite.

Il tendit son bras devant lui.

— Énoncez votre nom complet, dit le garçon.

— Alistair Callahan.

— Êtes-vous le fils d'Imogene et Liam Callahan ? demanda une autre voix. Elle était plus âgée et sèche comme du papier de verre. Ce devait être Le Maître.

— Oui, je le suis, Monsieur, répondit-il.

— Comme c'est intéressant.

— Êtes-vous prêt à rejoindre Le Maître dans sa mission pour sauver le monde de lui-même ? demanda Jameson, en saisissant brutalement son bras et en remontant la manche de sa robe.

Alistair retira instinctivement son bras, mais Jameson le tenait fermement.

Il n'y avait qu'une seule bonne réponse à ce stade.

— Je le suis.

Il se prépara à ce qui allait suivre. Allaient-ils le couper ? Lui faire un tatouage ?

Il le découvrit bien assez tôt lorsqu'il sentit le métal brûlant presser contre sa chair. Il se débattit, mais Jameson le tenait d'une poigne de fer. Il se mordit l'intérieur de la joue pour ne pas crier. L'odeur de chair brûlée lui donna la nausée et il vacilla légèrement.

— Tu es des nôtres, maintenant, dit Jameson en lui arrachant la taie d'oreiller noire de la tête.

Alistair cligna des yeux tandis qu'ils s'adaptaient au changement de luminosité.

— Ouvre ta bouche, Frère Alistair, et reçois Le Maître, dit Jameson solennellement.

Alistair se tourna vers le garçon avec confusion. Il n'y avait aucun scénario où cela ne serait pas à la fois troublant et effrayant.

Jameson, qui s'était éloigné de quelques pas, se précipita sur lui et lui ouvrit la bouche de force.

Le Maître s'approcha et l'examina. Sa tête était penchée en arrière, et il ne pouvait pas bien voir l'homme devant lui. — Tu ressembles à ton grand-père, Brian, dit-il avant de se piquer le doigt avec une dague et de laisser tomber une seule goutte de sang dans la bouche d'Alistair. Il sourit et s'éloigna tandis que Jameson appuyait sur sa mâchoire pour lui faire fermer la bouche. — Avale, ordonna-t-il.

La bile était remontée de son estomac et avait fait saliver sa bouche, alors l'ordre était assez facile à exécuter. Une fois qu'il eut obéi, Jameson poussa sur ses épaules : — Maintenant, incline-toi devant ton Maître.

Alistair tomba à genoux et s'inclina, essayant de ne pas vomir. — Maître, dit-il.

— Relève-toi, Frère Alistair. Nous sommes égaux dans le Nouvel Ordre, déclara Le Maître.

Quand Alistair se releva, Le Maître jetait un regard interrogateur à Jameson.

— Je m'excuse pour le manque de finesse de Jameson. Il n'est pas habituellement aussi mal luné. Je pense qu'il pourrait être jaloux, dit Le Maître.

— Pourquoi serais-je jaloux ? rétorqua Jameson.

— Parce que j'ai trouvé un autre candidat, répondit Le Maître.

— Candidat pour quoi ? demanda Alistair avec méfiance.

— Pour être mon successeur, bien sûr.

CHAPITRE VINGT-DEUX

Pas étonnant que Le Maître soit si détendu. Avec ses amis ligotés et terrifiés à l'idée d'être blessés et Tom presque sans pouvoir, il n'y avait vraiment rien à craindre.

— Alors, on dirait que j'ai réussi tes tests. Et maintenant quoi ? Pourquoi suis-je ici ? Tu ne m'as toujours pas dit ce que tu attends de moi, dit Tom.

— Oui, tu as réussi tous mes tests. Tu es mon véritable héritier et le prochain Mage du Sang.

— J'ai déjà hérité de ton domaine quand Papa est mort. On m'a dit que tu étais mort aussi. Alors, la vraie question est : quand et comment as-tu prévu de transférer ton « don » ? Que se passe-t-il si je n'en veux pas ? Est-ce que ce « don » est la raison pour laquelle tu as l'air si vieux et fragile ? lança Tom avec ironie.

Le Maître tressaillit ; Tom avait touché un point sensible.

— *Posséder* le don fait de toi le Sorcier le plus puissant du monde. Il garantit une santé parfaite et la longévité, te permet de guérir les malades et les blessés, de contrôler tes ennemis et de ressusciter les morts.

— J'ai déjà entendu l'argumentaire de vente. Ça semble trop beau pour être vrai. Il doit y avoir un piège, répondit Tom.

— Il n'y a pas de piège, mais il y a un coût. Utiliser le don t'épuise et, jusqu'à ce que tu puisses reconstituer tes réserves, tu es vulnérable aux attaques. C'est pourquoi j'ai créé la Confrérie, pour me protéger quand je ne peux pas me protéger moi-même.

— Comment peux-tu être sûr qu'ils ne te tueront pas eux-mêmes ? Comment se fait-il qu'ils ne t'aient pas déjà saigné pendant ton sommeil ? demanda Tom.

Il se pinça l'arête du nez par frustration. C'était comme assembler un puzzle sans avoir toutes les pièces sous les yeux.

— Lors de leur assermentation, ils reçoivent une goutte de mon sang. Cette seule goutte me permet de les contrôler, ou plutôt, de contrôler le sang qui coule en eux. Ils sont également marqués. Le sang suffit à guérir une blessure, mais pas la marque. Cela renforce leur foi en ma capacité à les guérir, eux ou leurs proches, s'ils en ont jamais besoin.

Tom avait envie de vomir. Bientôt, le vieux fou allait lui dire qu'il était secrètement un vampire et que ses disciples l'étaient devenus aussi.

— Mais cela ne t'épuise-t-il pas aussi ? Est-ce pour ça que tu as tellement vieilli ? demanda Tom, essayant désespérément de tout comprendre.

— Le sang se renouvelle plus vite que les pouvoirs épuisés. C'est comme n'importe quelle transfusion, il suffit de se reposer et de boire de l'eau. Non, j'ai l'air plus vieux que je ne le suis parce que je n'étais pas censé rester dans ce corps si longtemps.

Attends, quoi ?

— Je ne suis pas sûr de comprendre ce que tu veux dire, dit Tom, essayant de rester calme.

— Normalement, le don est transmis après que l'héritier potentiel a lui-même engendré un héritier. Jusqu'à présent, il a toujours été transmis aux mâles. Ce serait beaucoup trop compliqué pour les femmes de recevoir ce don. Les femmes ont leurs propres dons bénis.

Une fois que tu es né, j'ai abordé le sujet avec ton père. Il a catégoriquement refusé. J'ai décidé de lui donner du temps pour réfléchir à cette perspective, j'ai simulé ma propre mort et j'ai commencé à chercher un autre candidat convenable au cas où je ne pourrais pas le convaincre. Je pensais que nous n'avions peut-être pas besoin d'être liés par le sang pour que le transfert fonctionne.

J'ai quitté l'Irlande et utilisé des actifs cachés pour créer une entreprise appelée Vardo Ventures, basée en Norvège.

Il sourit pour lui-même, comme si c'était une blague personnelle.

— Le but de l'entreprise était d'avoir accès au sang des gens afin que je puisse trouver quelqu'un qui avait les bons marqueurs génétiques.

— Et as-tu trouvé quelqu'un ? demanda Tom.

— J'ai passé une décennie à analyser du sang. Quand un candidat avait une correspondance de plus de quatre-vingt-dix pour cent, mon équipe lui faisait parvenir une invitation.

Tom frissonna à l'idée de cette invitation.

— Aucun d'entre eux n'était un sujet viable, conclut-il.

— Tu veux dire qu'ils sont morts, que tu les as tués, articula Tom avec difficulté.

— Ils ont signé les documents ; ils comprenaient les risques. Leurs familles ont été bien dédommagées, répondit Le Maître comme s'il s'agissait d'un simple essai clinique qui avait mal tourné.

— Combien de personnes innocentes as-tu assassinées au nom de la science ? demanda Tom, totalement révolté. Il entendit un gémissement et se retourna pour voir qui c'était. C'était Mandy. Elle avait été stoïque jusqu'à présent, mais cette dernière révélation l'avait apparemment achevée.

Zaina, quant à elle, avait l'air assez furieuse pour cracher des clous. Benny s'était soit endormi, soit évanoui, et Arturo avait les yeux fermés. Peut-être qu'il se projetait astralement quelque part, ou qu'il méditait, ou qu'il appelait silencieusement des renforts. Tom espérait qu'il n'était pas simplement en train de prier pour que de l'aide arrive.

— Si j'avais pu transmettre le don à ton père, ces morts auraient pu être évitées ! s'exclama Le Maître, visiblement offensé d'être accusé d'avoir inutilement assassiné des personnes innocentes.

— Maintenant c'est la faute de mon père si ces gens sont morts ? Après, tu vas me blâmer moi ! cria Tom.

— Quand j'ai appris qu'il était malade, je suis revenu. Je l'ai supplié de prendre le don, sinon pour lui-même, du moins pour sa famille. S'il avait pu être guéri, il aurait pu te voir grandir, toi et ta sœur.

— Il n'avait pas besoin de prendre le don pour être guéri, pourtant. Pourquoi ne l'as-tu pas simplement soigné ? demanda Tom, les larmes coulant maintenant sur ses joues à l'idée qu'il aurait pu avoir plus de temps avec son père.

— Je l'*ai* guéri ! hurla Le Maître, sa propre frustration évidente.

— Alors, pourquoi est-il mort ? cria Tom.

— Parce qu'il m'a tué, *moi.*

CHAPITRE VINGT-TROIS

Jameson le poussa dehors où un autre initié attendait son tour. En descendant le couloir, Alistair aperçut Kenya debout près d'une porte. Lorsqu'il arriva à sa hauteur, elle lui fit signe d'entrer. C'était la pièce derrière le théâtre.

Une autre silhouette encapuchonnée lui fit signe depuis l'autre bout de la pièce, là où Derek et lui étaient arrivés.

— Frère Alistair, déposez la robe dans le panier. Une autre vous sera fournie à votre retour, dit-il en désignant le grand panier à linge dans le coin.

— Présentez-vous au travail comme d'habitude demain. Après le dîner, revenez ici pour recevoir d'autres instructions.

Il ouvrit la porte qui menait au théâtre et Alistair sortit.

Il retourna à leur suite. La trouvant vide, il se rendit dans sa chambre pour informer le MFO. C'était une avancée énorme. Les paroles cryptiques du Maître concernant la succession garantiraient, au minimum, qu'il monterait rapidement en grade jusqu'à faire partie du cercle intérieur.

Une fois son devoir accompli, il se brossa les dents et se gargarisa avec du bain de bouche. Il sauta dans la douche et tenta de se débarrasser de la sensation malsaine de la soirée. Il avait prévu de désinfecter la blessure sur sa paume et la marque, mais la blessure avait guéri et la peau autour de la marque était lisse et saine. Cela ressemblait à un tatouage, juste une teinte plus foncée que sa peau. Il n'avait pas pris la peine de regarder avec quoi ils l'avaient marqué. Le symbole circulaire était imprimé quelques centimètres au-dessus du coude, là où il serait couvert par un t-shirt. C'était un pentagramme inversé avec une goutte de sang s'écoulant de la pointe inférieure.

Alistair mit son pyjama et se coucha. Il laissa sa porte ouverte et prit un livre pour lire en attendant Derek. Il n'arrivait pas à se concentrer sur sa lecture. Il ne cessait de repasser les événements de la soirée dans son esprit. Il aurait aimé avoir le don d'illusion ou une caméra espion pour revenir observer les choses qu'il aurait pu manquer. Comme le visage du Maître.

Quand Derek n'était toujours pas rentré à vingt-deux heures, Alistair se leva, verrouilla la porte d'entrée et alla se coucher. Il semblait que Derek avait eu de la chance.

Alistair assista aux réunions nocturnes pendant le reste de la semaine. Une réunion expliquait comment ils contribueraient à la Fraternité, et une autre présentait un calendrier d'actions concertées qui commenceraient dès que le Maître aurait trouvé son successeur.

Alistair avait été déstabilisé quand le Maître avait mentionné qu'il pourrait être un candidat à la succession. De toute évidence, Tom Callahan était le prochain Mage de Sang et son successeur. Alors, pourquoi le Maître l'avait-il suggéré ?

Peut-être que le Maître reconsidérait ses options après sa première rencontre avec Tom. Ou peut-être faisait-il référence à un successeur pour Vardo Ventures. Quoi qu'il en soit, Alistair était presque certain que Tom ne voulait pas diriger l'armée du Maître vers la domination mondiale.

Pendant ce temps, Alistair voyait de moins en moins Derek. Lui et Kenya passaient presque tout leur temps ensemble. Derek passait parfois à la chambre pour changer de vêtements ou parfois ils se retrouvaient pour une brève conversation pour faire le point. Alistair était heureux que Derek semble avoir trouvé sa place à Vardo, et auprès de Kenya, et il espérait que cela ne finirait pas mal pour eux.

La propagande du Maître était séduisante. Chaque Frère et Sœur se voyait promettre une compensation, tant monétaire que sous forme de positions de pouvoir au sein du nouvel ordre. Cela s'ajoutait à leurs salaires et avantages déjà considérables.

En raison de la nature flexible de leurs emplois du temps, les tâches supplémentaires exigées des disciples de Vardo par le Maître s'intégraient facilement dans leurs routines quotidiennes.

Un samedi après-midi, Alistair fut invité à prendre le thé avec le Maître pour discuter de sa contribution à la cause.

Alistair s'attendait à ce que ce soit une autre réunion de groupe. Mais il se retrouva seul avec le Maître quand on servit le plateau de thé. Bien qu'Alistair fût certain qu'il y avait nombre de salons ensoleillés et de petits salons ailleurs dans le château, le Maître le reçut dans ce qui semblait être son bureau. Il était assis derrière son bureau, à bonne distance d'Alistair, son visage à nouveau caché dans l'ombre.

— Dois-je servir, Monsieur ? demanda Alistair, pour briser le silence.

Le Maître le fixa un moment avant de répondre :

— Je vous en prie, servez-vous. Je n'ai ni faim ni soif.

Alistair non plus. Mais cela aurait semblé impoli de refuser à ce stade. Il se versa une tasse et prit un scone par la même occasion. Le Maître l'observait toujours attentivement. Alistair mordit dans le scone et but une gorgée de thé, espérant que ni l'un ni l'autre n'étaient empoisonnés ou imprégnés d'un sérum de vérité.

Il avait eu de la chance, peut-être trop de chance, jusqu'à présent.

— Lors de notre dernière conversation, vous avez dit que je ressemblais à mon grand-père. L'avez-vous bien connu ? demanda-t-il finalement.

Le Maître acquiesça.

— Oui. J'ai été désolé d'apprendre son décès. Nous étions proches à une époque, aussi proches que des frères, pourrait-on dire, répondit-il en ricanant pour lui-même.

Alistair continua de boire son thé et de grignoter son scone, attendant que le Maître lui dise pourquoi il avait été convoqué ici.

— Vous vous débrouillez bien chez Vardo Ventures, dit-il enfin, en le regardant manger. Appréciez-vous votre travail ?

— Oui, Monsieur. C'est très stimulant et gratifiant. J'ai d'excellents collègues. Merci pour cette opportunité, répondit Alistair en toute sincérité.

— Bien, bien. Comme vous le savez, chacun de mes disciples aura un rôle à jouer dans le nouveau monde que nous construisons pour nos frères magiciens. Avez-vous réfléchi au rôle que vous aimeriez jouer ?

La question le prit au dépourvu. Il s'attendait à ce que le Maître lui assigne une tâche comme il l'avait fait pour tous les Frères et Sœurs. D'après ce qu'Alistair savait, personne n'avait eu le choix. Pourquoi lui ? Pourquoi maintenant ?

— Je suis certain que vous sauriez mieux que moi comment je pourrais servir au mieux la cause, Monsieur, répondit-il, essayant d'avaler son scone.

— Néanmoins, si on vous laissait le choix, où vous voyez-vous ?

Alistair posa sa tasse sur le plateau et fit semblant de réfléchir avant de répondre :

— J'aimerais être à vos côtés, Monsieur.

Le Maître sourit et se cala dans son fauteuil. Il pivota dans son fauteuil à oreilles et s'assit face à la cheminée de l'autre côté de la pièce. La chaleur semblait graviter vers le Maître, comme la vie vers un trou noir.

— J'aimerais que vous supervisiez l'équipe de renseignement. J'ai recruté plusieurs agents compétents, mais j'ai besoin d'un analyste. Je crois que vous seriez bien adapté au poste d'espionnage. Qu'en pensez-vous ?

Le savait-il ? Était-ce un piège ? Ou était-ce la conclusion naturelle des tests approfondis qu'Alistair avait subis pour son emploi chez Vardo ?

Alistair composa son visage en ce qu'il espérait être une expression surprise mais honorée.

— Ce serait un honneur, Monsieur. J'ai toujours voulu travailler pour les services secrets, répondit-il honnêtement.

— Eh bien, c'est réglé. Je demanderai à Frère Jameson de vous montrer votre nouveau bureau. Il se trouve dans la bibliothèque. Vos agents vous feront leur rapport chaque jour à midi. Vous recevrez leurs renseignements puis assignerez des tâches comme bon vous semble. En dehors de cette réunion quotidienne, vous êtes libre de gérer votre propre emploi du temps.

Il est préférable que vous continuiez à vous présenter au travail comme d'habitude, mais vous pouvez vous faire livrer vos repas à votre bureau si vous le souhaitez. Et si vous préférez, vous pouvez travailler le soir. C'est entièrement à vous de décider.

— Ne dois-je pas assister aux réunions nocturnes ?

— Non.

— Merci, Monsieur. Je ne vous décevrai pas, répondit-il, plus que prêt à partir.

Un coup à la porte signala l'arrivée de Jameson. Alistair prit cela comme son signal de départ. Il se leva, s'inclina devant le Maître et sortit.

Son bureau était plus qu'adéquat. En fait, il était meilleur que celui qu'il avait initialement chez Vardo. Bien que beaucoup plus petit, il ressemblait au bureau du Maître, avec une cheminée en pierre et deux fauteuils à oreilles devant.

Jameson ne s'attarda pas après avoir ouvert la porte et lui avoir remis un jeu de clés.

— Si vous avez besoin de quoi que ce soit, demandez simplement à l'un des Frères.

Alistair le remercia et ferma la porte.

Plusieurs rapports étaient empilés sur son bureau. Avant de s'y attaquer, Alistair fouilla la pièce à la recherche d'appareils d'écoute. N'en trouvant aucun, il jeta un sort pour insonoriser la pièce, puis appliqua un charme sur la porte et les fenêtres pour s'assurer que, si quelqu'un parvenait à entrer ou à regarder par une fenêtre, tout ce qu'il verrait serait Alistair lisant à son bureau. C'était un sort d'illusion ingénieux fourni par le MFO pour les missions sous couverture.

Il sortit son téléphone personnel et informa le MFO de son nouveau statut.

CHAPITRE VINGT-QUATRE

— Nous devons retourner à l'école, répondit le professeur Hilltop après avoir entendu ce que le professeur Montague avait à dire.

— Je suis d'accord. C'est une chose de neutraliser des protections et de distraire quelques gardes, mais nous sommes trop âgés pour lancer une attaque contre ces jeunes Sorciers, sans parler du Maître. En plus, impossible de savoir comment il riposterait si nous essayions, dit le professeur Bellamy en se tordant les mains.

— Je n'apprécie pas qu'on me qualifie de trop âgé. Nous avons plus que maîtrisé ces jeunots tout à l'heure, mais je dois admettre que le repli est la meilleure solution. Nous sommes largement en infériorité numérique, rétorqua le professeur Hilltop.

— C'est réglé. Tout le monde a son jeton de Portail ? demanda le professeur Montague.

Les professeurs Hilltop et Bellamy sortirent les leurs tandis que leur collègue brandissait le sien.

— Retrouvons-nous dans le bureau de Mademoiselle Clementine, dit-elle, avant de lancer son jeton à quelques pas devant elle. L'éclair de lumière était aveuglant dans la forêt obscure aux abords du château et les enseignants se protégèrent les yeux. Le professeur Montague attendit que le tourbillon grandisse, franchissant le seuil lorsque le

Portail eut atteint sa hauteur maximale. Dès qu'elle fut passée, le Portail s'enroula sur lui-même et se referma.

Le professeur Hilltop fit signe au professeur Bellamy de passer ensuite. Il jeta un dernier regard aux alentours, vers les bois et le château, puis lança sa pièce.

— Je ne pense pas que je devrais ouvrir un Portail directement dans la salle de bal, dit Lady Mathilda.

— Non, ce n'est pas sûr pour vous ou les enfants, acquiesça Mademoiselle Clementine.

— Nos Portails n'ont pas été conçus pour des opérations secrètes. Même si je parvenais à entrer sans être vue, je ne pourrais emmener qu'un seul d'entre eux avant que le Portail ne se referme. Le Maître pourrait très bien déplacer les autres avant que je ne revienne pour l'élève suivant. Je pourrais solliciter ma sœur et le Directeur Lianon, je suis sûre qu'ils m'aideraient, mais cela ne fait toujours que trois d'entre nous, dit la Haute Elfe.

— Je pourrais me projeter astralement et retourner au château si l'un des enfants parvient à faire une projection astrale. Des quatre, Mandy est la plus douée, je crois. Elle saurait comment venir ici pour chercher de l'aide, mais quelqu'un devrait être ici, sous forme astrale, pour la recevoir, dit le professeur Montague.

— Je pense que nous pourrions avoir besoin de vous ici, mais peut-être pouvons-nous demander à d'autres professeurs de se relayer et de nous tenir informés de ce qui se passe dans la salle de bal. Si nous faisons une rotation toutes les heures, le professeur sortant pourrait nous faire un compte-rendu. À moins qu'il n'y ait une urgence, auquel cas ils devraient nous alerter immédiatement, suggéra Mademoiselle Clementine.

Les autres acquiescèrent.

— Professeur Bellamy, pourriez-vous vous charger d'organiser cela ?

La vieille Sorcière bondit sur ses pieds et répondit :

— Bien sûr. Je m'en occupe tout de suite, annonça-t-elle en se dirigeant vers la porte.

Il se faisait tard. Mademoiselle Clementine commanda du thé aux cuisines puis appela le CEMB pour les informer des derniers développements. Elle demanda l'autorisation d'envoyer Lady Mathilda dans le bureau d'Alistair afin qu'il puisse offrir une aide supplémentaire aux enfants. Elle raccrocha et s'assit à son bureau pour attendre leur feu vert.

— Dès qu'ils auront confirmé, vous pourrez ouvrir un Portail vers le bureau d'Alistair, dit-elle à Lady Mathilda.

CHAPITRE VINGT-CINQ

Arturo ferma les yeux et entra en transe. S'il y avait bien un moment pour maîtriser la projection astrale, c'était maintenant. Il entendit le monologue du Maître s'estomper en arrière-plan tandis qu'il inspirait et expirait comme on le lui avait appris.

Après ce qui semblait être une éternité et une multitude de faux départs, il y parvint enfin.

Il était sorti de son corps et se regardait. Il essayait de se rappeler comment se projeter à l'école dans l'espoir de rencontrer Professeur Montague ou un autre enseignant sous forme astrale quand il entendit quelqu'un murmurer son nom.

Il inclina la tête et se demanda si l'un de ses amis s'adressait à lui dans le monde réel. Il regarda autour de lui. Zaina fusillait Le Maître du regard, travaillant furieusement sur les cordes qui lui liaient les mains. Mandy semblait réciter quelque chose en silence, ses lèvres bougeant à peine. Peut-être essayait-elle aussi de desserrer ses liens.

Il se tourna vers Benny et fut surpris de voir une autre projection astrale dans la pièce. Benny lui faisait signe depuis au-dessus de son corps, lui indiquant de le suivre.

Arturo était impressionné. S'il avait dû parier sur la personne de leur groupe qu'il rencontrerait sur le plan astral, il aurait misé sur n'importe qui sauf Benny. Peut-être avait-il été trop dur en sous-estimant ce garçon sensible.

Il suivit Benny hors de la pièce jusque dans le couloir vide.

— Enfin ! Je suis sorti errer depuis si longtemps que j'ai cru ne plus pouvoir retourner dans mon corps, chuchota-t-il.

— Tu n'as pas besoin de chuchoter, Benny. Personne ne peut nous voir ou nous entendre à moins d'être sur le plan astral.

— C'est vrai. Bref, j'ai fait un tour et les professeurs sont partis. Cependant, il n'y a pas beaucoup de sbires qui traînent. Il n'y en a pas plus de dix à cet étage et, comme tu peux le voir, personne ne garde les portes, dit Benny en montrant les portes par lesquelles on les avait poussés plus tôt.

— C'est une bonne reconnaissance, Benny, répondit Arturo.

Benny rayonna sous le compliment.

— Sais-tu comment aller à Harding d'ici ? demanda-t-il.

— À part y voler ? Non, je ne sais pas, dit Arturo.

— Moi non plus. Et je ne connais même pas le chemin depuis ici, répondit Benny, abattu.

— Je suppose que nous devrons élaborer un plan nous-mêmes, alors.

Ils restèrent silencieux un moment, réfléchissant chacun à des moyens de se sortir de ce pétrin.

— Qui est mort ? dit Mandy, voyant leurs mines allongées alors qu'elle flottait dans le couloir.

Benny poussa un cri de surprise.

— Mandy !

— Salut Benny, je pensais que tu t'étais évanoui, dit-elle.

— Non, je suis juste bon acteur ! s'exclama-t-il.

— Les larmes faisaient partie du jeu ? ironisa Arturo.

Mandy lui lança un regard noir tandis que Benny baissait la tête, embarrassé.

— Non. Elles étaient réelles. J'étais vraiment terrifié.

Mandy foudroya Arturo du regard et tenta de réconforter Benny du mieux qu'elle put.

— On va s'en sortir, Benny. Je te le promets.

— Comment ? demanda-t-il.

— J'ai un plan !

— Super, parce que nous n'avons rien, répliqua Benny.

— J'étais en train de formuler un plan quand tu es arrivée, dit Arturo, clairement vexé d'être mis dans le même panier que Benny.

— Voyons ça, dit Mandy.

— Si nous pouvons nous libérer de nos liens, nous pouvons distraire Le Maître suffisamment pour sortir d'ici, commença-t-il avant que Mandy ne l'interrompe.

— Les gars, vous avez raté beaucoup de choses pendant que vous voliez ici. On ne peut pas laisser Tom gérer ce psychopathe seul, il est sans pouvoir sans la bague.

— Hein ? Qu'est-ce que tu veux dire ?

— C'est une longue histoire et je dois retourner là-bas pour ne pas rater d'autres choses importantes. Mais en gros, la seule Magie de sang que Tom possédait était dans la bague. Le Maître se prépare à la transférer à Tom, mais j'ai le sentiment que le tuer n'est pas une bonne idée. Ce dont nous avons besoin, c'est de rendre la bague à Tom d'une façon ou d'une autre, pour qu'il ait une chance de se battre, et d'empêcher Le Maître de faire le transfert. Jusqu'à présent, on dirait que Tom gagne du temps jusqu'à ce qu'il ait tous les faits.

— D'accord, mais comment proposes-tu de nous y prendre ? demanda Arturo.

— Je suis presque libérée de mes liens. Le premier d'entre nous qui sera libre devra détacher les autres sans que Le Maître ne s'en aperçoive. Si je peux attirer l'attention de Zaina, elle pourra appeler la bague à elle. C'est un artefact magique, ça devrait marcher. Si les choses tournent mal, Benny pourrait le geler. Ça ne durerait pas longtemps, mais ça nous aiderait à remettre la bague à Tom, ou à nous coordonner rapidement avec lui et Zaina.

— Le plan n'est pas sans mérite, mais que veux-tu que je fasse ? demanda Arturo.

Mandy lui lança un drôle de regard, comme si ce qu'elle allait dire aurait dû être évident.

— Toi et Zaina êtes les combattants les plus forts. Vous pouvez tous les deux utiliser la magie offensive bien mieux que le reste d'entre nous. Vous mènerez la guerre contre Le Maître, bien sûr.

Arturo hocha rapidement la tête. Il ne pouvait cacher le léger retroussement de ses lèvres ni la jubilation qui s'affichait sur son visage tandis qu'il se frottait les mains en anticipation de la bataille à venir.

— Je retourne la première. C'est préférable que nous ne nous réveillions pas tous en même temps, expliqua Mandy avant de flotter à travers le mur.

— J'y vais ensuite puisque je suis sorti depuis le plus longtemps, dit Benny. Il fit un salut à deux doigts à Arturo, que celui-ci lui rendit malgré lui.

Arturo décida de faire un autre tour du périmètre. C'était beaucoup trop calme dans le château ; cela dit, il était plus de neuf heures et Le Maître avait renvoyé les gardes près de la salle de bal. C'était exactement comme Benny l'avait dit. S'ils pouvaient sortir de la pièce, Arturo était convaincu qu'ils pourraient quitter le château sans encombre.

Quand il revint dans le hall, il vit le maître des potions de Harding qui rôdait dans les parages. En s'approchant de lui, Arturo fut ravi de constater que le Sorcier était sous forme astrale.

— Professeur Filigree ! Que faites-vous ici ?

— Arturo ! Je suis content de te voir. Mademoiselle Clementine m'a envoyé. Quelques-uns d'entre nous vont prendre des tours de garde pour pouvoir envoyer de l'aide ou tenir le CEMB informé de la situation. Que peux-tu me dire ?

Arturo lui raconta ce qui s'était passé et ajouta les informations que Mandy avait partagées avant de repartir. Le Professeur hocha la tête et répondit :

— Depuis que je suis ici, j'ai entendu Le Maître dire que le père de Tom l'avait tué. Le « don » est entré dans le corps de John mais ne s'y est pas fixé. John est mort et le « don » est retourné dans le corps du Maître, le ressuscitant. J'ai cru comprendre que Le Maître était Brendan Callahan. Cependant, Tom vient de l'appeler Brön et maintenant je suis confus.

Arturo en resta bouche bée. Il avait manqué beaucoup de choses pendant qu'il essayait de sortir de son corps et depuis qu'il avait quitté la pièce.

— D'accord, ça a un peu de sens. D'après ce que Tom a dit, Brön était le Chasseur de Sorcières, condamné à errer sur terre comme un zombie jusqu'à ce qu'il trouve une Sorcière qui tomberait amoureuse de lui et qu'il aimerait en retour. Cette Sorcière était Petunia Callahan, la femme de Sir Anthony Callahan. Ils se sont rencontrés par hasard, ou peut-être pas par hasard car Brön chassait les Sorcières qui avaient échappé aux sanctions à Vardo. Quoi qu'il en soit, ils sont tombés amoureux et ont eu trois enfants, dont l'un était Conor Callahan, l'ancêtre de Tom. Tout cela pendant qu'elle était encore mariée à Sir Anthony, qui ne rentrait à la maison qu'une ou deux fois par an de ses nombreux voyages en mer. Si ce que vous dites est vrai, alors Brön n'est pas seulement à l'origine de la Magie de sang, mais pourrait aussi être encore impliqué, bien que je ne sache pas exactement comment. On m'a dit qu'il était mort quelques jours après la naissance de Conor.

Professeur Filigree hocha la tête.

— Je vois. S'il avait vécu, il aurait presque quatre cents ans, ce qui même pour une Sorcière de cette époque est vieux. De nos jours, les Sorcières vivent rarement au-delà de cent cinquante ans. Y a-t-il autre chose que tu peux me dire ? Je pense que je dois signaler cela immédiatement à Mademoiselle Clementine, dit l'enseignant.

Arturo essayait encore de comprendre comment Le Maître pouvait être Brön. Il regrettait maintenant de ne pas être resté pour en savoir plus.

— Je ne vois rien d'autre si ce n'est que Tom n'a aucune Magie de sang sans la bague de son père. Le Maître l'a infusée pour voir si Tom pouvait gérer la Magie puisque son père ne le pouvait pas. Il semble qu'il ait expérimenté sur des humains magiques dans son laboratoire souterrain ici au château dans l'espoir de trouver une correspondance. Jusqu'à présent, Tom est sa seule chance.

Professeur Filigree dit à Arturo de retourner dans son corps et de patienter, l'aide était en route.

CHAPITRE VINGT-SIX

Alistair n'était pas revenu dans son bureau depuis trente minutes quand il a reçu un message du MFO lui demandant s'il était prudent pour Lady Mathilda de revenir.

C'était le cas. Il était seul et personne n'avait remarqué son absence auparavant, mais c'était toujours troublant. Où l'Elfe Supérieur l'emmènerait-il la prochaine fois ?

Il a répondu au message et a attendu anxieusement. Bien qu'il soit ravi de son succès dans la mission actuelle, il y avait des moments où il se demandait s'il était vraiment fait pour ce niveau de travail d'infiltration.

Il avait voyagé de l'Italie à Londres au cours du dernier mois, puis en Irlande. De là, il avait passé un entretien et obtenu un emploi dans un lieu non divulgué en Écosse, dans le château d'un Sorcier maléfique, rien de moins.

Il s'était laissé recruter par la Confrérie, un groupe élitiste secret au service du Maître, un puissant Mage de Sang, déterminé à dominer le monde. À cette fin, il avait été endoctriné, marqué, et on lui avait fait boire du sang pour garantir sa soumission.

Il dirigeait maintenant une équipe d'agents de renseignement qui avaient infiltré tous les échelons du gouvernement au Royaume-Uni, avec des projets d'extension à travers l'Europe, puis l'Asie et les Amériques. Pour le moins, c'était un peu accablant.

Il a senti l'air crépiter autour de lui et a abaissé ses protections pour laisser Lady Mathilda entrer par le Portail, puis les a immédiatement relevées une fois qu'elle était arrivée.

— Les Frères ont capturé Mandy, Zaina, Benny et Arturo. Ils sont attachés à des chaises dans la salle de bal avec Tom et Le Maître, a-t-elle dit sans préambule.

— Est-ce que Tom est attaché aussi ? a-t-il demandé.

— Pas à ma connaissance, a-t-elle répondu.

— Pourquoi n'ont-ils pas essayé de s'échapper ou de riposter ? Ils sont cinq contre un. Ils peuvent sûrement se glisser hors de l'emprise du vieil homme, a-t-il dit. Même en disant cela, il savait que Le Maître était peut-être vieux et frêle, mais qu'il pouvait probablement retenir une bande d'adolescents indéfiniment.

— Le Maître les a menacés. Si les autres tentent quoi que ce soit, il blessera Tom. Si Tom l'attaque, il tuera ses amis.

— Je vois. Comment puis-je aider ? a-t-il demandé.

Elle l'a informé des derniers développements et lui a demandé de se dépêcher. Alistair a baissé les protections pour qu'elle puisse partir. Une fois qu'elle fut partie, il est resté assis à fixer les informations sur son bureau, se demandant lesquelles pourraient justifier de déranger Le Maître.

Aucune ne serait considérée comme cruciale.

Il a fermé les yeux et a essayé de penser à ce qui pourrait provoquer la panique chez Le Maître. Quel était son plus grand secret, que gardaient-ils le plus farouchement ?

C'est ça ! Sa localisation !

Alistair a ouvert son ordinateur portable et a consulté les images satellite du château. Il a fait une capture d'écran et fabriqué un message d'une adresse e-mail brouillée vers une adresse partiellement brouillée au CEMB. Le message disait : Nous l'avons trouvé.

Alistair a imprimé le faux e-mail et s'est précipité vers la salle de bal, espérant que Le Maître ne tuerait pas le messager.

CHAPITRE VINGT-SEPT

— Ça n'a aucun sens ! hurla Tom. — Si *lui* t'a tué, alors pourquoi est-il mort et toi vivant !?

Tom se tenait face au Maître, près de Mandy, tandis que l'homme plus âgé se trouvait près de Benny.

— Nous étions dans mon bureau, qui était devenu le sien à l'époque. Je suppose qu'il pensait qu'en me tuant, il mettrait fin à la malédiction une bonne fois pour toutes. Le Maître eut un rire sans joie. — C'est comme ça qu'il voyait la Magie de sang. Pas comme un don, mais comme une malédiction. S'il savait tout ce que j'avais traversé pour briser la véritable malédiction !

— Alors que s'est-il passé, dit Tom les dents serrées.

— Je venais de le guérir. Il se sentait plus fort, la couleur revenait à ses joues. Je lui ai demandé s'il reconsidérait sa position, mais il est resté catégorique sur son refus d'effectuer le transfert. Quand j'ai dit que j'attendrais et que j'essaierais à nouveau avec toi, il a saisi le coupe-papier et m'a poignardé. Il m'a poignardé neuf fois comme si j'étais un chat dont il voulait s'assurer qu'il ne reviendrait pas !

J'étais trop stupéfait pour être en colère ou même essayer de l'arrêter. Je n'aurais jamais cru qu'il serait capable d'une telle chose. Dans les instants juste avant ma mort, j'étais si fier de lui même si je déplorais que le don soit perdu à jamais.

Ce qu'aucun de nous ne savait à ce moment-là, c'est que si tu tues l'hôte, le don se déplace vers l'hôte disponible le plus proche, et continue à le faire jusqu'à ce qu'un réceptacle viable puisse être trouvé.

Le don a quitté ce corps et est entré dans celui de ton père. Bien qu'il se sentît et parût mieux, il ne devait pas être complètement guéri. Le don n'a pas pu s'accrocher et est sorti de son corps. Ne trouvant pas d'autres hôtes, il est revenu dans son corps d'origine et l'a ravivé. *Moi.* Le Maître sourit d'un sourire surnaturel.

Tom secoua la tête de désespoir. Il n'y avait pas moyen de tuer ce monstre ! À chaque mention du mot *hôte*, il devenait de plus en plus certain que le fou qui racontait son histoire n'était pas Brendan, son grand-père, mais Brön le Chasseur de Sorcières. L'amant de Petunia. C'était une pensée insaisissable qui circulait dans son esprit tout au long de cette histoire folle et qui le frappa soudain comme le caillou qu'il avait lancé à travers la cabane du jardin.

— Quel âge avez-vous ? demanda Tom, changeant de tactique.

Le Maître le regarda et sourit. — J'ai environ soixante ans.

— Non, ça c'est Brendan. Vous êtes Brön, n'est-ce pas ?

Le Maître applaudit trois fois. — Bravo !

— Ce qui vous donnerait plus de trois cents ans, dit Tom.

— Ça me semble à peu près correct, dit le Maître avec un petit rire.

— Donc, je comprends que je ne peux pas vous tuer. Sinon, le don pourrait atterrir chez l'un de mes amis et le tuer. Et s'il atterrit sur moi, je me transformerai, eh bien, en vous. Aucune de ces options n'est attrayante.

— Pourquoi résistes-tu ? Imagine tout le bien que tu pourrais faire dans le monde avec ce genre de pouvoir, s'exclama le Maître, se rapprochant lentement de Tom à travers le cercle de chaises.

— Mais serais-je encore moi-même ? Ou prendriez-vous le contrôle de mon corps comme vous l'avez fait avec tous les autres ?

— Ce n'est pas comme ça. C'est une relation beaucoup plus symbiotique. Tu auras peut-être du mal à le croire, mais je tiens à toi. Je tiens à vous tous comme je tenais à mes propres enfants.

Tom n'en croyait pas un mot. Si c'était une si bonne affaire, son père aurait accepté et l'aurait fait lui-même. S'il avait pensé pouvoir contrôler le pouvoir mieux que son propre père, il l'aurait fait. Non. John Callahan avait choisi la mort plutôt que de perpétuer cet héritage impie.

— Ne devez-vous pas attendre que j'aie eu un fils ? demanda Tom, espérant pouvoir retarder l'inévitable.

Avant que le Maître ne puisse répondre, on frappa à la porte. Tout le monde se tourna pour regarder dans cette direction. Tom fut surpris de voir les têtes d'Arturo et de Benny se tourner aussi, car il n'avait pas remarqué qu'ils s'étaient réveillés de leur apparent sommeil.

Mandy profita de la diversion pour attirer l'attention de Zaina. Elle articula silencieusement le mot « bague » et fit un signe de tête vers le Maître, puis vers Tom.

Zaina plissa les yeux, confuse. Pour elle, on aurait dit que Mandy souriait ou montrait ses dents. Tom comprit et pointa son doigt derrière son dos. Finalement, Zaina hocha la tête, bien qu'elle semblât toujours confuse, et gigota des épaules et des bras pour rappeler à Mandy qu'ils étaient tous attachés. Mandy lui fit un clin d'œil.

Le visiteur entra et parla d'une voix forte. — Maître, j'ai des informations cruciales que vous devez connaître, dit la silhouette encapuchonnée.

Le Maître tendit la main dans la direction du Frère. — Viens, ordonna-t-il. Le sbire s'éleva d'un centimètre au-dessus du sol et flotta dans les airs comme s'il était tiré par un fil invisible. Lorsqu'il arriva à moins d'un mètre du Maître, l'homme plus âgé leva la main en signe d'arrêt et le Frère s'immobilisa d'un coup sec avant d'être à nouveau autorisé à se tenir sur ses deux pieds.

Son visage exprimait à la fois la stupéfaction et une douleur plus qu'évidente. Le Maître se détourna de lui pour s'adresser à Tom.

— Tu vois ce qu'une goutte de mon sang, *notre* sang, peut faire ? Imagine si on en diluait un peu dans l'approvisionnement en eau, les humains seraient si faciles à contrôler !

Le Frère gardait la tête baissée, mais il tendait un morceau de papier. Il s'éclaircit la gorge et dit : — Monsieur, c'est tout à fait urgent.

CHAPITRE VINGT-SEPT

Le Maître soupira et se retourna vers la silhouette encapuchonnée. — Dis-moi.

Le Frère jeta un coup d'œil à Tom et aux autres et chuchota : — C'est une information sensible.

Le Maître arracha le papier des mains du Frère et le déplia. La moue impatiente sur son visage disparut.

— Tu es sûr ?

— Oui, Monsieur, répondit le Frère.

— Tu as bien fait de m'interrompre avec cette information. Prépare les troupes, dit le Maître, congédiant l'homme d'un geste de la main.

Bien que le Maître ne le regardât plus, le Frère s'inclina devant lui. En se relevant, le Frère croisa le regard de Tom et lui fit un clin d'œil. Il se retourna et traversa la salle de bal à un rythme beaucoup plus lent que lorsqu'il était entré.

Tom n'était pas sûr de ce que cela signifiait. Ça devait être Alistair, mais il n'avait pas bien vu son visage. Ce n'est que lorsqu'il sentit l'étrange poids de la bague de son père sur l'auriculaire de sa main gauche qu'il comprit ce qui s'était passé.

Heureusement, la nouvelle apportée par Frère Alistair avait suffisamment perturbé le Maître pour qu'il restât immobile, les yeux fixés sur le morceau de papier qu'il tenait. Apparemment, il ne s'était pas encore rendu compte que la bague n'était plus dans sa poche, ni que les quatre amis de Tom arboraient tous des sourires identiques du chat de Cheshire.

En partant, Alistair avait non seulement rendu sa bague à Tom, mais il avait aussi détaché ses amis sans que le Maître ne s'en aperçoive.

CHAPITRE VINGT-HUIT

Une fois sorti de la salle de bal, Alistair poussa un soupir de soulagement. Il avait accompli sa mission et était sorti vivant de la pièce. Il n'avait pas apprécié d'être manipulé comme une marionnette par le Maître et espérait qu'il existerait un moyen de se purifier du sang qu'il avait ingéré quand tout cela serait terminé.

Il passa une main sur la marque sur son bras. Peut-être pourrait-il la recouvrir d'un tatouage.

Pour l'instant, cependant, il devait réfléchir rapidement. Le Maître s'attendait à ce qu'il prépare les troupes pour un raid imminent qui n'arriverait pas. Avec le recul, ce n'était peut-être pas la meilleure idée. Cela dit, il était peu probable que le Maître quitte la salle de bal de sitôt, et encore moins pour vérifier que les ordres donnés à un sbire de confiance étaient exécutés. Tom et le transfert du pouvoir étaient probablement sa seule préoccupation à présent.

En retournant vers son bureau, il se demanda si un raid serait vraiment une bonne idée. Personne à la MFO ne lui avait demandé sa position, bien qu'il fût presque certain qu'ils l'avaient triangulée grâce à son téléphone. C'était la procédure standard pour un agent infiltré sur le terrain.

Si les choses tournaient mal, il aurait besoin d'un plan d'évacuation. C'est ainsi que les choses fonctionnaient habituellement, mais cette mission n'avait rien eu de typique.

En supposant que Tom parvienne à neutraliser le Maître, quelqu'un devrait entrer ici, rassembler les sbires et s'assurer qu'ils n'exécutent pas les plans maléfiques de leur chef. Ils auraient besoin de noms et il pourrait les fournir. Il serait considéré comme un lanceur d'alerte. Sa famille en subirait-elle les conséquences ?

Qu'en était-il de Derek et de sa famille ? Alistair avait gardé un œil sur Derek du mieux qu'il pouvait. Il ne semblait pas que Derek ait été assigné à des activités illégales. Dans l'ensemble, le travail de Derek n'avait pas changé. Il rendait déjà un service inestimable à la cause dans le laboratoire de biochimie. Si l'endroit était perquisitionné, il s'en sortirait. Tout comme tous les humains travaillant chez Vardo Ventures.

Alistair repensa à l'attrait qu'il avait ressenti à l'idée d'être le possible successeur du Maître. Le Maître voulait-il dire qu'il pourrait hériter de Vardo Ventures ? *Sûrement, il ne parlait pas de la Magie de sang*, se demanda Allistair en pensant à Tom. Alistair s'interrogea si cela serait même possible. Y aurait-il un conflit d'intérêt si un agent infiltré héritait d'une société écran semi-légitime, détenue et exploitée par un Sorcier maléfique ? Ils étaient apparentés après tout...

S'il n'y avait pas de conflit, Tom le contesterait-il ? Bien que le père de Tom ait hérité du Domaine quand Brendan serait prétendument mort, tous les avoirs qui apparaîtraient une fois l'identité du Maître révélée iraient techniquement à Tom, l'héritier de John, et désormais Gardien.

Quoi qu'il en soit, un audit serait nécessaire pour séparer les activités légitimes des frauduleuses. Ils semblaient avoir fait un assez bon travail pour maintenir les choses en règle jusqu'à présent.

Alistair regagna son bureau sans croiser personne. Il ne voulait surtout pas rencontrer Jameson. Ce garçon lui donnait la chair de poule avec son visage mutilé et sa dévotion intense envers le Maître. S'il y avait bien quelqu'un qui avait bu la potion jusqu'à la lie, c'était lui.

Alistair avait enquêté sur Jameson après leur première altercation. C'était étrange de voir à quel point Jameson était devenu jaloux en découvrant qui était Alistair et la possibilité qu'il puisse prendre sa place de sbire favori, voire de successeur.

Il s'avérait que lui et Jameson étaient également apparentés. Brendan et Brian avaient une sœur cadette nommée Siobhan. Elle s'était mariée et avait eu cinq enfants. L'un de ces enfants était le père de Jameson, ce qui faisait d'eux des cousins au second degré. Ce qui signifiait aussi qu'il était également le cousin au second degré de Tom. On ne savait pas si Jameson était au courant de cela lorsqu'il avait attaqué Tom à l'Académie Harding.

En tant qu'aîné de quelques minutes, Brendan était l'héritier légitime. Il avait hérité de la maison familiale des Callahan, et il était aussi devenu Gardien, c'est pourquoi ses enfants étaient des Voyageurs, alors que ceux de Brian ne l'étaient pas.

Dès son plus jeune âge, Brendan n'avait manifesté aucune capacité magique au-delà du Voyage, malgré avoir une Sorcière pour mère. On supposait que Brian avait reçu la majorité des dons magiques, il n'avait donc pas été vexé lorsque son frère était devenu l'héritier. Les frères s'étaient éloignés quand Brian était parti pour l'Académie Harding, tandis que Brendan se dirigeait vers l'Académie.

Quant à Siobhan, elle avait épousé un puissant Sorcier, et leurs enfants comptaient parmi les plus forts de l'Académie Harding. Liam, le père de Jameson, était l'un des complices purgeant actuellement une peine à La Détention pour leur implication dans les vols et les enlèvements.

Alistair n'était pas du tout surpris de découvrir que Jameson était le fils de cet homme. La pomme ne tombait jamais loin de l'arbre.

Une fois son bureau sécurisé, il envoya un message à la MFO pour connaître leur avis sur la marche à suivre.

CHAPITRE VINGT-NEUF

Le Maître fixait toujours le morceau de papier qu'Alistair lui avait donné. Quoi qu'il y ait dessus, cela avait été une diversion efficace.

L'esprit de Tom tournait à toute vitesse. Il avait récupéré sa bague et ses amis semblaient avoir un plan, ce qui était une bonne chose car lui-même n'avait aucune idée.

Avaient-ils suffisamment d'informations pour frapper ? Quel était l'objectif final ? Pouvaient-ils contenir Le Maître jusqu'à ce que le CEMB puisse l'emmener à La Forteresse ? Non. Il n'y avait qu'une seule issue. Le Maître devait mourir. Mais comment pouvaient-ils le tuer sans que Tom ne devienne le nouveau Mage de Sang ?

Peut-être devrait-il simplement accepter ce pouvoir, et ils trouveraient plus tard un moyen de l'extraire sans danger. Ou peut-être qu'une fois Le Maître mort, Tom serait assez fort pour manier ce pouvoir en toute sécurité. Il pourrait sauver ses amis, guérir les malades, les blessés et les mourants, et sauver le monde !

Plus il y réfléchissait, plus l'idée semblait pertinente. Il ne savait plus pourquoi il s'y était opposé tout ce temps. Il était l'Élu, après tout. Tout devrait lui revenir : la maison, la Garde, et le pouvoir sur la vie et la mort. C'était son destin. Non. C'était son héritage.

Quelques gouttes de son sang pourraient mettre fin au terrorisme et à la famine. Il libérerait l'humanité de ses chaînes.

— Je suis prêt, Monsieur. Je suis prêt à recevoir le don.

Le Maître leva alors les yeux du morceau de papier, l'espoir clairement visible sur son visage.

— Vraiment ?

Du coin de l'œil, il pouvait voir le regard stupéfait de Zaina. Il fit face au Maître.

— Oui. Je comprends maintenant. Les humains ont perdu leur chemin. Ils ont besoin d'un nouveau leader pour s'assurer qu'ils ne se nuisent plus, dit-il.

Les yeux du Maître s'écarquillèrent, et son visage se tordit en ce qui ressemblait à un sourire.

— Votre timing est des plus impeccables, dit-il en agitant le papier. Cet endroit n'est plus sécurisé ; je propose que nous poursuivions dans un lieu plus sûr.

Avant que Tom ne comprenne vraiment ce qui se passait, Le Maître sortit une Clé de sa poche et une Porte apparut.

— Mais... vous... Vous avez dit que vous ne pouviez pas Voyager ? balbutia Tom.

— Je n'avais plus de Clé depuis des années, mais j'ai pu récupérer la mienne quand j'étais chez moi il y a quelques semaines. Tu te souviens quand j'ai pris ta Clé ? J'en avais besoin pour ouvrir le Dépositoire et récupérer la mienne. La boîte ne s'ouvre que pour le Gardien. Comme j'avais autrefois été le Gardien et que je tenais ta Clé, elle s'est facilement laissée berner.

Tom repensa à cette nuit-là. Il avait eu l'impression que Le Maître n'avait eu sa Clé que pendant quelques minutes, mais comme l'histoire l'avait montré, le Sorcier avait eu le temps d'échanger les bagues de Tom, il avait sûrement eu le temps de prendre une Clé dans une boîte pendant que Tom combattait l'armure.

Le Maître tourna la poignée et ouvrit la Porte. — Allons-y, Tom. Notre travail ici est terminé.

Le Maître tendit son bras à Tom dans l'expectative. Tom regarda ses amis. Mandy secouait la tête.

— Si nous partons, vos amis seront en sécurité, à l'abri de nous deux, dit Le Maître.

C'était exactement ce que Tom avait besoin d'entendre et il s'avança.

CHAPITRE TRENTE

— Maintenant, Benny ! cria Mandy avant que Tom ne puisse franchir le seuil.

Benny se redressa d'un bond, les bras tendus, et hurla :

— Stop !

Le Maître et Tom se figèrent sur place. Le Maître se tenait près de la Porte, en train de l'ouvrir, et Tom s'était arrêté en plein élan, à quelques pas du Maître.

— D'accord, les gars, on a 30 secondes, c'est quoi le plan ? haleta Benny.

— Est-ce qu'ils sauront qu'ils ont été immobilisés ? demanda Zaina.

— Non, ils m'entendront juste crier stop, ce que je dirais de toute façon pour empêcher Tom de franchir la Porte, répondit-il.

— OK, donc si nécessaire, on peut les figer à nouveau, dit Zaina, plus pour elle-même que pour les autres.

— Je n'abuserais pas de notre chance, avertit Arturo.

— Je suis d'accord, dit Mandy.

— Je vote pour qu'on prenne la bague de Tom. Il fait peut-être semblant, mais je ne pense pas qu'il soit si bon acteur.

— Je suis d'accord. C'était complètement dingue ce qu'il disait. Pas question qu'on le laisse garder la bague, et encore moins accepter le

« cadeau ». Il n'a jamais vu de films ou quoi ? Ça ne finit jamais bien pour l'hôte. On doit éliminer ce parasite, soupira Zaina avec empressement.

Arturo surveillait le temps sur sa montre.

— Quinze secondes.

Il s'approcha de Tom et du Maître. La Porte était entrouverte, et il jeta un coup d'œil pour voir où ils allaient.

— Je ne reconnais pas l'endroit, mais on dirait la maison de quelqu'un. Ce psychopathe n'arrête pas d'appeler la maison de Tom son foyer, il y a de grandes chances que ce soit là qu'ils aillent. Elle est vide depuis l'attaque.

— Je pourrais me glisser à l'intérieur et me cacher, peut-être appeler Harding depuis le téléphone, suggéra Mandy.

— Pourquoi n'y allons-nous pas tous ? demanda Benny.

— Tu ne crois pas qu'ils remarqueraient si on disparaissait tous ? rétorqua Zaina.

Benny soupira.

— J'imagine.

— Tout le monde à sa place, cria Arturo.

Ils se précipitèrent tous vers leurs sièges sauf Benny, qui resta debout, les mains en l'air comme lorsqu'il les avait figés.

La Porte s'ouvrit davantage, et Tom trébucha légèrement en se tournant vers Benny.

— Quoi ? demanda-t-il avec impatience. Benny sursauta. Déjà la bague altérait le comportement de Tom.

Le Maître leur tournait le dos et ne se retourna pas.

Benny balbutia :

— Tu ne peux pas partir avec lui. Tu ne peux pas faire ça. Ce n'est pas toi, Tom.

Tom regarda Benny avec un tel mépris que même Mandy recula dans son siège.

Il leva une main et poussa l'air en disant :

— Assieds-toi et tais-toi.

Benny fut propulsé en arrière et tomba sur la chaise avec une telle force qu'elle se renversa.

Avec un hochement de tête satisfait, Tom fit face au Maître et se dirigea vers la porte.

Pendant ce temps, Benny se relevait précipitamment, une main sur la chaise renversée et l'autre en l'air alors qu'il figeait à nouveau le duo. Quand ils s'immobilisèrent, il posa son front contre le côté de la chaise.

— S'il fait semblant, il joue vraiment bien la comédie, dit-il.

— OK. Qui a un meilleur plan que moi qui me faufile à l'intérieur ? demanda Mandy.

— Pourquoi ce serait toi qui y vas ? Pourquoi pas moi ou Arturo ? demanda Zaina.

— Parce que je peux les figer si nécessaire. Et ils resteront figés bien plus longtemps que 30 secondes.

— C'est vrai, dit Zaina, peu convaincue.

— On doit rester ici et affronter les sbires. Si personne ne vient nous chercher, il faudra qu'on retourne chez Harding par nos propres moyens. Qui d'autre sait conduire ici ? demanda Arturo.

— Une voiture ? demanda Benny. Tu veux voler une voiture ?

— Tu as une meilleure idée ? demanda Arturo. Il regarda sa montre. Quinze secondes. Je dis que Mandy y va, trouve un téléphone et appelle Harding pour qu'ils viennent nous chercher. Si personne ne vient au bout de quinze minutes, on s'évade d'ici.

— D'accord, dit Zaina.

— Je ne suis pas prête. Fige-les encore, dit Mandy.

Arturo soupira et Benny s'assit maladroitement sur la chaise renversée jusqu'à ce que le duo maléfique reprenne ses mouvements. Quand ce fut le cas, il agita à nouveau la main vers eux.

— Vas-y, ils pourraient commencer à remarquer que quelque chose cloche après trois gels, dit-il en posant sa tête sur le dossier de la chaise.

Il y avait moins de trente centimètres entre Tom et l'ouverture. En prenant soin de ne pas le toucher, Mandy se glissa à l'intérieur. C'était l'entrée d'une maison. Frénétiquement, elle chercha une cachette rapide. Elle entendit Arturo dire « quinze secondes » et opta pour le placard de l'entrée. Elle doutait fortement qu'ils accrocheraient leurs robes là ou auraient besoin d'y prendre un manteau. Elle prit une profonde inspiration et expira en attendant qu'ils se dirigent vers une autre pièce de la maison.

— L'étude semble être l'endroit parfait, ne pensez-vous pas ? demanda le Maître.

— Oui, tout à fait approprié, Monsieur, répondit Tom. Mandy entendit leurs pas résonner dans le couloir, s'éloignant d'elle. Elle entendit une porte s'ouvrir puis se refermer et osa sortir la tête. La voie était libre.

Elle sortit sans bruit et ferma la porte silencieusement. Elle avait deux options. Soit monter les escaliers et trouver une chambre avec un téléphone, soit traverser le salon et trouver la cuisine. Si elle montait, les escaliers pourraient craquer et la trahir. Si elle allait à la cuisine, ils pourraient l'entendre à travers le mur. Elle opta pour le salon, espérant trouver plus de pièces où choisir en chemin.

Elle traversa le salon, puis la salle à manger jusqu'à atteindre la cuisine. Par chance, la cuisine avait des portes, qu'elle ferma rapidement. Elle chercha un téléphone et trouva l'appareil ancien contre le mur du fond, à côté d'une porte menant à la terrasse. Alors qu'elle prenait le combiné, elle réalisa qu'elle ne connaissait pas le numéro de l'école.

Elle appelait rarement l'école, et quand elle le faisait, c'était depuis son portable. Elle vérifia le réfrigérateur ; sa mère collait toujours les numéros importants là-bas. Pas de chance. Elle examina le comptoir près du téléphone. Il était propre et vide à l'exception d'un bloc-notes pour messages téléphoniques et d'un stylo. Elle soupira de frustration.

Allez !

Elle essaya le tiroir et trouva un élégant carnet intitulé « Répertoire ».

Jackpot !

Elle ouvrit la couverture et là, sur la première page, se trouvaient des numéros de téléphone d'urgence, dont celui de l'Académie Harding. Elle composa le numéro mais n'obtint aucune réponse. Il était déjà plus de dix heures, personne ne répondrait au téléphone.

Elle consulta le carnet. Une personne aussi distinguée que Mme Callahan aurait sûrement une ligne directe avec la Directrice.

Bingo !

Elle pria pour que ça fonctionne. Le téléphone sonna une fois, deux fois, avant que quelqu'un ne décroche.

— Mademoiselle Clementine, c'est Mandy. Vous devez vous dépêcher et venir chercher les autres au château. Tom et le Maître sont allés chez Tom. Je les ai suivis ici et je me cache dans la cuisine, dit Mandy d'une seule traite, aussi fort qu'elle l'osait dans le combiné.

— Je peux envoyer Lady Mathilda immédiatement. Elle viendra te chercher après avoir récupéré les autres.

— Pas tout de suite. Ils ne savent pas que je suis là. Je serai prudente et je vous rappellerai si quelque chose se passe, je promets. Je pense que nous devons les laisser s'affronter, dit-elle.

— D'accord, ma chère. Rappelle-moi dans dix minutes. Si je n'ai pas de tes nouvelles, j'enverrai Lady Mathilda. Sois prudente, ma chère. La vieille femme ne pouvait cacher son inquiétude pour ces enfants confrontés à des problèmes dépassant leurs compétences.

— D'accord. Je devrais raccrocher maintenant, dit Mandy en reposant le combiné avant que la Directrice ne puisse offrir d'autres conseils ou avertissements.

Mandy avait un plan et elle n'avait que dix minutes.

CHAPITRE TRENTE-ET-UN

— Raconte-moi comment tout ça a commencé. Je veux dire, j'ai compris que ça a commencé avec Conor. Tu as simulé ta propre mort ? Tu as pris possession du corps de ton fils ? demanda Tom une fois installés dans le bureau.

Le Maître s'assit derrière le bureau. Si Tom avait trouvé étrange de s'asseoir derrière le bureau de son père, c'était encore plus bizarre de voir Le Maître y prendre place. Il avait retiré ses robes en entrant, les accrochant au crochet derrière la porte, avec désinvolture, comme s'il l'avait fait un million de fois.

S'il avait incarné chacun des ancêtres de Tom pendant des centaines d'années, il était juste de dire que c'était davantage *son* bureau que celui de quiconque. Tom aurait-il trouvé plus que les journaux de son père cachés dans la pièce s'il avait pris le temps de chercher ?

Tom observa l'homme devant lui qui, à toutes fins utiles, était son grand-père, Brendan, dont il n'avait aucun souvenir. Il ne ressemblait en rien à un grand-père. Il avait l'air d'un cadavre réchauffé.

Il incarnait les conséquences de la Nécromancie. On pouvait ramener les gens à la vie, mais l'âme revenait-elle vraiment dans le corps avec eux ?

Le Maître regarda vers la cheminée, perdu dans ses pensées un instant, puis commença.

— Ce fut un accouchement difficile. Selon toute logique, Conor aurait dû mourir. Il est né trop tôt et était si frêle et fragile. J'aurais dû le laisser mourir, mais j'ai insufflé la vie dans ses minuscules poumons et le cri qui a suivi a volé mon cœur.

J'aimais Petunia, Brady et Ian, mais à ce moment-là, je n'aimais personne autant que Conor. Je me sentais lié à lui d'une façon que je n'avais jamais ressentie avec personne d'autre dans ma vie, pas même ma mère.

Quelques jours après sa naissance, je me suis réveillé aux sons d'étouffement. En un instant, je l'ai pris sur mon bras, tapotant son dos pour déloger ce qui obstruait ses voies respiratoires. Il a cessé de tousser alors je l'ai retourné et je l'ai bercé. Je me suis assis dans la chaise berçante, soulagé que la crise soit passée, pour réaliser que la raison pour laquelle il avait arrêté de tousser était qu'il ne respirait plus. J'ai appuyé sur sa minuscule poitrine et soufflé de l'air dans sa bouche. Ça ne fonctionnait pas. Je l'ai fait encore et encore, et il ne respirait toujours pas par lui-même bien que je puisse encore sentir un faible battement de cœur. J'ai continué à respirer pour lui, priant toutes les divinités auxquelles je pouvais penser. J'ai même appelé Lucifer lui-même. J'aurais conclu n'importe quel marché pour le ramener.

C'est alors que je les ai entendues, fit-il en s'arrêtant.

Tom, captivé par le récit, demanda :

— Qui ?

Le Maître regarda Tom, le fixa dans les yeux et dit :

— Les Sorcières.

Les Sorcières ? Quelles Sorcières ?

Puis Tom comprit.

— Celles que tu as tuées ?

— Oui. Toutes. Elles se sont échappées de moi et ont rempli la pièce. Les apparitions fantomatiques semblaient se solidifier en prenant racine sur le plan terrestre, pointant un doigt accusateur vers moi. Une seule d'entre elles a parlé, celle qui m'avait maudit.

« *Tu as brisé la malédiction. Est-ce le produit de ton union avec la Sorcière ?* » a-t-elle dit, en pointant le nourrisson mort dans mes bras.

« Oui, ils le sont tous », ai-je répondu, en regardant Brady et Ian derrière moi, endormis dans leurs lits.

« *Donnerais-tu ta vie en échange de la sienne ?* » a-t-elle demandé.

« Oui, oui, je le ferais. Pouvez-vous le sauver ? »

« *Ta mort nous libérera toutes ; nous sommes prêtes à t'accorder cette faveur* », a-t-elle déclaré.

Les Sorcières se sont rassemblées en un cercle serré autour de nous et se sont tenu les mains. Elles étaient si nombreuses qu'elles formaient plusieurs cercles extérieurs autour du premier.

Les Sorcières parlaient dans une langue que je ne comprenais pas, bien que je sois un érudit. J'ai continué à respirer régulièrement pour Conor jusqu'à ce que je me sente quitter mon corps. De là-haut, je pouvais voir la poitrine de Conor monter et descendre et la teinte rosée qui était revenue sur ses joues.

Les Sorcières ont commencé à partir. Elles ne sont pas retournées dans mon corps ni n'ont utilisé la porte. Elles se sont simplement élevées, se transformant en brume avant d'atteindre le plafond. La Sorcière qui m'avait maudit m'a tendu la main : « Viens, il est temps de partir. »

J'ai hoché la tête et me suis apprêté à la suivre. Nous nous sommes tous deux élevés du sol, mais juste au moment où elle se transformait en brume, j'ai hésité et j'ai regardé mon enfant une dernière fois. Je suis redescendu vers lui, voulant contempler son doux visage mais alors que je m'approchais, il a inspiré brusquement et... m'a respiré à l'intérieur de lui !

CHAPITRE TRENTE-DEUX

Mandy s'assit et vida son esprit. Elle devait connaître la disposition des lieux et comprendre ce qui se passait dans cette pièce avant d'exécuter son plan. En quelques secondes, elle était sous forme astrale, volant à travers la maison et passant la tête dans chaque pièce jusqu'à ce qu'elle les trouve.

Elle écouta l'histoire du Maître avec une horreur fascinée.

Tom demanda :

— C'est comme ça que ça fonctionne ? Le Mage de Sang meurt, son essence quitte le corps, flotte jusqu'à ce que quelqu'un la respire ?

— Oui, répondit le Maître.

— Toi, Brön, tu le vois se produire parce que tu es hors de ton corps. Mais est-ce que l'hôte sait ce qui se passe ? Peut-il le voir ? demanda Tom.

— Je ne pense pas. Je crois que c'est comme être sous forme astrale, ou comme un fantôme. L'esprit ou l'essence est invisible à l'œil humain, répondit le Maître.

— Donc, le seul indice que nous avons pour savoir si ça a fonctionné est que l'hôte précédent meurt et ne revient pas à la vie, dit Tom.

— C'est exact.

— Et comment comptes-tu mourir, exactement ? demanda Tom.

Le Maître sourit.

— À part ton père, aucun de mes hôtes n'a eu recours au meurtre. Non, j'ai une potion qui fera l'affaire rapidement et sans douleur.

Il sortit une fiole de sa poche et la posa sur le bureau. Le liquide trouble avait une teinte violacée-noire. Il ne manquait qu'une tête de mort pour l'identifier comme poison.

Mandy prit cela comme son signal. Elle retourna dans son corps à la cuisine, se réveilla, et se faufila jusqu'au bureau. Tom parlait, c'était bon. Elle prit une profonde inspiration et fit irruption par la porte.

Les deux hommes la regardèrent avec surprise et elle agit rapidement avant qu'ils ne puissent réagir. Elle les gela à pleine puissance. Elle pouvait contrôler le niveau de gel. À pleine puissance, c'était mortel : cela commençait par les extrémités et progressait vers l'intérieur. Si cela atteignait les organes, le sujet mourait. Elle devait se dépêcher.

Elle courut d'abord vers Tom, retira la bague et la glissa dans sa poche. Puis elle saisit la fiole, la déboucha, et se précipita autour du bureau vers le Maître. Elle tourna le fauteuil pivotant et l'inclina aussi loin que possible avant de verser la potion dans la bouche du Maître. Une fois tout versé, elle le redressa lentement. Avec un peu de chance, il ne s'étoufferait pas, mais s'il mourait en s'étouffant avec son propre poison, cela lui convenait parfaitement.

Elle éloigna le fauteuil du bureau et l'emmena plus loin dans la pièce, aussi loin de Tom que possible.

Elle dégela Tom mais gela à nouveau ses pieds pour qu'il ne puisse pas s'approcher et fit de même avec le Maître, priant pour que son plan fonctionne.

Le Maître toussa tandis que le liquide se dégelait et descendait dans sa gorge. Ses yeux s'écarquillèrent quand il comprit ce qui venait de se passer.

— *Qu'as-tu fait* !? croassa-t-il à Mandy qui le dominait.

Tom lui cria :

— Éloigne-toi de lui ! Tu ne peux pas être l'hôte, tu vas mourir.

— C'est un risque que je suis prête à prendre, répondit-elle tandis qu'ils regardaient la tête du Maître vaciller et tomber sur sa poitrine.

Elle ne vit rien se produire, mais elle le sentit. C'est l'odeur qui l'alerta, comme une bougie qu'on vient d'éteindre, l'odeur de fumée emplit ses narines. Elle inspira profondément pour s'assurer de capter le « don » et toussa comme quelqu'un qui prend sa première bouffée de cigarette. Elle inspira de nouveau au cas où elle aurait laissé le parasite s'échapper en toussant.

C'est alors qu'elle le sentit, qu'elle le *sentit lui*. Il était en colère contre elle, elle pouvait le dire. Elle se sentit à la fois révulsée, nauséeuse et furieuse. Elle l'avait attrapé.

Elle gela le corps du Maître à pleine puissance pour s'assurer qu'il ne serait plus un hôte viable et pour s'assurer qu'il était bien mort. Elle se tourna vers Tom et le dégela.

— Les autres seront bientôt là, dit-elle avant de se geler elle-même à mi-puissance.

— Mandy, je ne connais pas le sort pour annuler ça ! s'exclama Tom en se précipitant pour l'arrêter.

Avant que sa bouche ne s'immobilise, elle répondit :

— Je sais.

CHAPITRE TRENTE-
TROIS

Tom se demandait s'il devait laisser Mandy là pendant qu'il prenait une Porte pour retourner à Harding ou s'il devait essayer de la porter à travers le seuil. Elle n'était pas complètement gelée comme un bloc de glace, seulement immobilisée et froide au toucher. Ses yeux étaient fermés, mais Tom voyait qu'elle respirait régulièrement.

Le Maître, quant à lui, était complètement gelé, ainsi que la chaise sur laquelle il était assis. Tom se demanda s'il dégèlerait si on le plaçait devant la cheminée, s'il y avait eu un feu.

Ses réflexions furent interrompues par un Portail. Lady Mathilda en sortit, l'air affolé, s'attendant au pire. Elle examina la scène et jeta un regard interrogateur à Tom.

— Le Maître est mort. Mandy est l'hôte et elle s'est gelée pour me sauver, dit-il d'une seule traite.

Lady Mathilda s'approcha de Mandy, la souleva et traversa le Portail.

Tom soupira de soulagement et sortit sa Clé. Il pensa à retourner au château pour voir comment allaient ses amis, mais se souvint qu'il ne pouvait pas ouvrir une Porte à l'intérieur du château. Si Lady Mathilda avait su venir chez lui, cela signifiait probablement que ses amis étaient de retour à Harding.

La Porte de Tom s'ouvrit devant l'entrée principale. Il espérait vraiment que la porte principale n'était pas verrouillée ou qu'il y avait un majordome de nuit en service.

Il essaya la poignée et sonna quand elle ne céda pas. Il sonna trois fois pour faire bonne mesure. Il avait à peine retiré sa main de la sonnette que la porte fut ouverte brusquement par le même majordome antique que d'habitude.

— Une fois est amplement suffisante, dit-il en s'écartant pour laisser entrer Tom, le mépris suintant de chacun de ses traits.

— Je suis désolé, c'est une urgence, cria Tom en courant vers le bureau de Miss Clementine.

Il frappa mais n'obtint pas de réponse. Cette poignée tourna facilement, mais Tom trouva la pièce vide.

Où sont-ils ?

Il réfléchit un moment et déduisit qu'ils avaient peut-être emmené Mandy à l'infirmerie et essaya de se rappeler où elle se trouvait. C'était près de la cafétéria, se souvint-il, et il commença à marcher dans cette direction.

Les couloirs étaient calmes, il était plus de vingt-deux heures. Tous les autres élèves étaient au lit. Tom tourna à gauche en arrivant à la cafétéria, car tourner à droite menait à l'amphithéâtre sportif. Il trottina dans le couloir jusqu'à ce qu'il trouve une porte marquée « Infirmerie ».

Il s'affaissa de soulagement en voyant que la porte était non seulement déverrouillée mais entrouverte, et il entendit des voix à l'intérieur. Il poussa la porte et suivit le son. Qui que ce soit, ils se disputaient.

En s'approchant, il reconnut les tons furieux de Zaina.

— Si on la dégèle, elle mourra probablement parce qu'elle ne peut pas supporter la Magie de sang. Ensuite, cette « chose » sortira d'elle et s'introduira dans la personne suivante, et ainsi de suite jusqu'à ce qu'elle prenne racine ou que tout le monde soit mort.

— Mais Le Maître a dit que s'il n'y a personne d'autre de disponible, l'esprit retournera dans son corps d'origine et le ravivera. Le Maître est mort et loin d'ici. Penses-tu qu'il le trouvera et reviendra ? demanda Arturo.

— Non, Mandy l'a complètement gelé. On ne revient pas de ça. Nous pourrions incinérer son corps pour en être certains, cependant, répondit le Professeur Hilltop.

— Oui, faites-le maintenant avant de prendre toute autre décision, intervint Tom en entrant dans la pièce où ils étaient tous réunis autour de la forme gelée de Mandy.

— Tom ! s'exclama Benny. Je suis si content que tu ailles bien.

Tom fit un bref signe de tête à son ami.

— À quoi pensiez-vous ? dit-il en jetant un regard dégoûté à Benny, Arturo et Zaina.

— Pourquoi ne pouviez-vous pas me laisser m'en occuper ? Regardez ce qui s'est passé maintenant, dit-il, la voix tremblante, en pointant du doigt vers Mandy.

— Je suis sûr que nous pouvons trouver comment sauver Mandy, Tom, dit le Professeur Montague d'un ton apaisant.

— Et si vous ne pouvez pas, si elle meurt, et que d'autres personnes meurent ? C'était *ma* responsabilité, dit-il, en se donnant un coup de doigt sur la poitrine.

— Il n'était pas question qu'on laisse cette chose prendre le contrôle de ton corps. Tu avais eu la bague moins d'une minute et déjà tu trouvais que les plans de ce psychopathe semblaient plutôt bons. Personne ne devrait avoir ce genre de pouvoir, pas même l'âme la plus gentille et bien intentionnée. Mandy a fait ce que n'importe lequel d'entre nous aurait fait pour te sauver, pour nous sauver tous de ce destin, dit Zaina.

Tom savait qu'elle avait raison, mais il se sentait tellement impuissant. Si seulement il avait sa bague...

Ma bague !

— Mandy a pris ma bague, elle doit être dans l'une de ses poches, dit-il en faisant un pas en avant.

Le Professeur Hilltop serra le bras de Tom d'une main de fer. — Laisse tomber, Tom. La Magie de sang est ce qui nous a mis dans ce pétrin, ce n'est certainement pas la solution maintenant.

CHAPITRE TRENTE-TROIS

Il ne lâcha pas le bras de Tom, bien qu'il relâchât son étreinte.

— Oui, Monsieur. Vous avez raison. Que faisons-nous maintenant ? demanda-t-il, se détendant un peu pour montrer au professeur qu'il n'allait pas se jeter sur Mandy à la recherche de sa bague.

Le Professeur Hilltop jaugea Tom du regard et le lâcha. Il resta près de lui, juste au cas où.

Miss Clementine prit le combiné téléphonique du bureau de l'infirmière et composa un numéro.

— Brûlez le corps, et la bague aussi, dit-elle à son interlocuteur. Et faites-leur chercher d'autres bagues similaires dans les quartiers du Maître au château et brûlez-les aussi. Elle confirma l'ordre et raccrocha.

La pièce resta silencieuse un moment.

Zaina s'éclaircit la gorge et redressa les épaules. — La vérité, c'est que Mandy a déjà inhalé l'esprit. La seule raison pour laquelle elle n'est pas encore morte, c'est parce qu'elle s'est mise dans une sorte de stase. Ne prétendons pas qu'elle s'en sortira vivante.

Benny commença à pleurer, tout comme Miss Clementine.

— Est-ce que les Hauts Elfes ne peuvent pas la sauver ? Ne peuvent-ils pas faire un exorcisme ? demanda Tom désespérément, regardant Lady Mathilda avec des yeux remplis de larmes.

— J'ai bien peur que non. Elle sortirait de sa stase dès qu'elle atteindrait Les Îles d'Été, et nous n'aurions peut-être pas assez de temps pour faire quoi que ce soit. La magie terrestre ne peut pas traverser la barrière, répondit Lady Mathilda.

— Je suis désolé d'être celui qui doit le dire, mais la seule ligne de conduite est de placer Mandy dans une chambre hermétique, magiquement scellée pour s'assurer que l'esprit ne puisse pas s'échapper, dit le Professeur Hilltop.

— Mais ne mourra-t-elle pas lentement à cause du sort de congélation ? demanda Miss Clementine, tamponnant ses yeux.

— Nous pouvons inverser le sort une fois qu'elle sera à l'intérieur, suggéra le Professeur Montague.

— Donc, elle serait dans une prison de verre ? demanda Benny, incrédule.

— Non, Benny, nous l'endormirions jusqu'à ce que nous puissions trouver comment la séparer de l'esprit, répondit le Professeur Hilltop.

— La Magie de sang ne la tuera-t-elle pas à ce moment-là ? demanda Tom.

— Oui, mais n'ayant nulle part où aller, il devra la raviver pour rester en vie.

— Elle sera un zombie. Même si nous pouvons retirer l'esprit plus tard, Mandy telle que nous la connaissons aura disparu ! s'écria Benny.

— Pauvre Mandy, dans quoi s'est-elle fourrée ? demanda Tom.

— J'ai bien peur que Mandy savait exactement dans quoi elle s'embarquait, répondit Miss Clementine.

— Quand je lui ai parlé au téléphone, elle semblait déterminée à aller jusqu'au bout.

— Oui, elle était catégorique sur le fait qu'elle devait être celle qui s'introduirait chez toi pendant que toi et Le Maître étiez immobilisés. Désolée, Tom, mais je pense que c'était son plan depuis le début.

— Je suis d'accord avec Zaina, ajouta Arturo. Quand Benny et moi étions sur le plan astral à essayer de comprendre comment en sortir, elle nous a rejoints. C'est elle qui a suggéré que Benny te gèle pour que nous puissions nous coordonner.

— Nous n'avions pas prévu le truc avec la Porte. Je pense que Mandy avait planifié de faire exactement ce qu'elle a fait, mais là-bas au château, dit Benny en secouant la tête d'incrédulité en prononçant ces mots.

— Alors, que faisons-nous ? Comment décidons-nous ? demanda Tom, des larmes coulant sur ses joues.

Miss Clementine s'éclaircit la gorge. — Ce n'est pas à nous de décider, mon cher. Ce sera à ses parents.

Elle se tourna vers Lady Mathilda en essuyant les larmes de son visage, vérifiant que son chignon était toujours en place, et lissant sa jupe.

— Allons-y ? demanda-t-elle au Haut Elfe.

Avant de partir, elle se tourna vers les personnes assemblées et dit : — Je pense que la famille apprécierait un peu d'intimité quand ils arriveront. Vous devriez tous aller vous coucher. Il n'y a plus rien à faire ce soir. Les professeurs Montague et Hilltop veilleront sur elle jusqu'à notre retour. Ensuite, ils iront se coucher aussi.

Elle parlait avec sa voix la plus sévère de directrice. Ce n'était pas une suggestion ; c'était un ordre.

Tom, Zaina, Benny et Arturo s'approchèrent tour à tour de Mandy et lui dirent adieu. C'était la dernière fois qu'ils la verraient vivante.

CHAPITRE TRENTE-QUATRE

Tom, Zaina, Benny et Arturo se dirigèrent à contrecœur vers les dortoirs. Arrivé à la porte extérieure, Arturo hésita. Il semblait vouloir dire quelque chose mais parut se raviser et leur souhaita bonne nuit avant de descendre le couloir jusqu'à sa chambre.

Les autres restèrent dehors un moment, sachant qu'ils ne pourraient plus parler une fois dans la salle commune.

— Je suis tellement fatigué, mais je ne sais pas si j'arriverai à dormir sans savoir ce qui va arriver à Mandy, dit Benny, appuyant sa tête contre le mur. Il semblait sur le point de s'effondrer.

— Je sais ce que tu veux dire. Je n'arrête pas de penser à ses pauvres parents. J'aimerais pouvoir rentrer chez moi et faire un câlin à ma mère, dit Zaina. Toute combativité l'avait quittée. Elle paraissait soudain si vulnérable que le cœur de Tom se brisa à nouveau.

Il avait été si heureux d'avoir trouvé ces nouveaux amis, mais les voir maintenant. Arturo avait l'air si triste, trop choqué pour admettre qu'il ne voulait pas rester seul. Benny était traumatisé et semblait ne jamais pouvoir retrouver sa joie de vivre. Et Zaina, l'intrépide Amazone, ne voulait rien de plus que se blottir dans le lit avec sa mère.

Vers qui Tom pouvait-il se tourner ? Sa mère ? Sa sœur ? Non, il n'y avait aucune chance qu'il aille leur annoncer cette nouvelle. Même s'il aurait apprécié un peu de réconfort, il savait que ce n'était pas une option.

— Tu ne peux pas utiliser un jeton pour rentrer chez toi ? demanda Tom.

— Ils ne fonctionnent que le week-end, et je ne pense pas que les professeurs soient en état de gérer une demande spéciale, répondit-elle.

— Je pourrais t'y emmener. Avec une Porte, je veux dire, suggéra-t-il. Il se tourna vers Benny et ajouta : Je peux t'emmener aussi si tu veux être avec ta famille.

Benny semblait tellement reconnaissant quand il répondit : — Ce serait génial, mec. Tu es sûr que ça ne te dérange pas ?

— Pas du tout, mais je pense qu'on devrait prévenir Arturo qu'on s'en va pour qu'il puisse le dire aux professeurs demain matin. À moins que vous ne prévoyiez de revenir avant le petit-déjeuner. Vous avez des jetons pour revenir ou est-ce que je dois venir vous chercher ?

Benny baissa les yeux vers ses pieds et dit : — J'ai un jeton, mais je ne pense pas que je reviendrai demain matin. Cette histoire n'a pas de fin heureuse et je ne suis pas prêt à faire face aux conséquences, encore moins à aller en cours comme si de rien n'était. Je pourrais prendre quelques jours pour digérer tout ça.

Tom lui tapota l'épaule. — C'est normal Benny, je comprends. Et si je te ramenais chez toi pendant que Zaina va mettre les choses au clair avec Arturo ? Je reviendrai la chercher ensuite.

Benny hocha la tête. Zaina aussi. Elle était à mi-chemin dans le couloir quand Tom ajouta : — Ça t'ennuie de me retrouver devant l'entrée principale ? Je ne veux pas avoir affaire au majordome à nouveau.

Elle fronça les sourcils mais lui fit un pouce levé.

Tom sortit sa Clé et regarda Benny. — Je crois que tu as dit que tu habitais à Richmond, Londres, c'est ça ? demanda Tom.

— Tu t'en es souvenu ! répondit Benny, visiblement impressionné que Tom ait été attentif.

— Il va me falloir une adresse, Benny.

CHAPITRE TRENTE-CINQ

Le voyage à Londres avait été court et sans incident. Il était plus de deux heures du matin et Tom avait déposé Benny devant sa maison sans être vu. Malgré l'heure tardive, les lumières étaient allumées dans la maison. Benny a serré Tom dans ses bras, l'a remercié encore pour le transport et a promis de le contacter dans quelques jours.

Quand Tom est retourné à l'école, Zaina l'attendait avec Arturo.

— Lui non plus ne voulait pas rester seul, a dit Zaina.

— Tu as de la place pour une personne de plus dans le taxi ? a plaisanté Arturo.

— Bien sûr, plus on est de fous, plus on rit. Où va-t-on ensuite ? a demandé Tom.

Zaina et Arturo se sont regardés et ont haussé les épaules.

— Zaina, tu vas à Glasgow ? a demandé Tom.

Zaina a piétiné sur place avant de répondre.

— Non. En fait, ça te dérangerait de me déposer chez ma mamie ? Ma mère y est en visite. Je devais y aller ce week-end, mais maintenant c'est aussi bien.

— Pas de problème, donne-moi juste une adresse. Arturo, tu veux venir avec nous ou attendre ici ? a dit Tom.

Arturo a regardé autour de lui dans l'obscurité et a dit qu'il les accompagnerait.

Zaina lui a donné une adresse, et ils ont été frappés par l'air chaud et côtier de Sidon, au Liban. C'était un tel contraste avec l'humidité glaciale du nord de l'Écosse que Tom était content qu'Arturo soit venu. Il n'avait aucune envie de retourner à Harding ce soir.

Ici aussi, les lumières étaient allumées, et la porte d'entrée s'est ouverte quelques instants après leur arrivée.

— Zaina, tout va bien ? a demandé une femme qui ressemblait tellement à Zaina qu'il ne pouvait s'agir que de sa mère. Elle a serré sa fille dans ses bras, jetant le même regard méfiant à Tom et Arturo que Zaina avait souvent.

— Oui, maman. Je vais bien. Voici mes amis de l'école, Tom et Arturo. Tom est un Voyageur, il m'a amenée ici, a-t-elle dit. Elle a serré la main de chacun des garçons.

— Il y a une histoire là-dessous, mais je pense qu'elle peut attendre. Les garçons aimeraient-ils entrer et manger un morceau ?

— Merci, madame, mais je dois ramener Arturo chez sa famille, a répondu Tom.

Arturo est intervenu.

— À moins que Tom ne soit pressé de rentrer, je serais prêt à rester un moment.

Tom a secoué la tête.

— Pas du tout.

— Alors c'est réglé. Vous allez manger. Vous allez me raconter ce qui s'est passé, et si vous voulez, vous pouvez rester la nuit. Dehors, bien sûr, a dit la mère de Zaina.

Les deux garçons ont répondu « Bien sûr » à l'unisson et ont ri. C'était une libération bienvenue après la tension de la journée.

Ils étaient arrivés à la fin d'un dîner tardif. La grand-mère et les tantes de Zaina étaient assises autour de la table, buvant du vin et profitant de la compagnie les unes des autres. Toutes mères, les femmes voulaient savoir ce qui avait ramené les enfants de l'école un mardi au milieu de la nuit.

Zaina a raconté l'histoire de façon concise et a conclu en disant qu'aucun d'entre eux n'avait envie d'en parler. Les femmes se sont affairées autour d'eux, leur proposant des friandises et des portions supplémentaires de tout jusqu'à ce qu'ils soient repus et somnolents.

Tom n'avait jamais apprécié un repas plus que celui-ci. Non seulement la nourriture était délicieuse, mais elle ne provenait certainement pas d'une boîte à emporter. Mais plus que cela, elles l'avaient fait se sentir si bienvenu, si... enveloppé. Comme si c'était l'endroit le plus sûr au monde et que rien de mal ne pouvait arriver. Il comprenait pourquoi Zaina voulait venir ici, dans sa vraie maison, pas dans leur appartement à Glasgow.

Arabella était un parent convenable, mais elle n'était pas *ce* genre de mère. Le genre qui te nourrit, te caresse les cheveux et t'enveloppe dans une couverture chaude ou, dans ce cas, t'enroule dans une courtepointe faite main sur la véranda arrière.

Les femmes ont dit bonne nuit, laissant les garçons dormir sous les étoiles. C'était étonnamment beaucoup plus confortable en plein air. Les étoiles brillaient, et ils avaient le clapotis apaisant de l'océan à quelques pas.

— Merci, Tom, a dit Arturo doucement. Il n'avait pas beaucoup parlé pendant le dîner et n'avait pas dit un mot depuis que les dames avaient dit bonne nuit. Tom avait supposé qu'il s'était endormi.

— Pour quoi ? a-t-il demandé.

— D'avoir accepté de rester. Je n'avais vraiment pas envie de rentrer chez moi.

— Pourquoi es-tu venu alors ? a demandé Tom, se tournant sur le côté pour faire face à Arturo.

— Je ne voulais pas être seul, mais je ne voulais pas vraiment rentrer chez moi non plus. Les gens s'attendent toujours à ce que les familles italiennes soient joyeuses, bruyantes et amusantes. Comme la famille de Zaina. La mienne... ne l'est pas.

CHAPITRE TRENTE-CINQ

— Pareil, mec. Pareil.

Tom s'est retourné sur le dos et a tendu son poing à Arturo. Il a hoché la tête au check retourné et a dit : « Bonne nuit, mon pote. »

CHAPITRE TRENTE-SIX

M. et Mme Honeywell, les parents de Mandy, étaient naturellement bouleversés. Les professeurs Montague et Hilltop ont pris congé à leur arrivée, et Mlle Clementine les a laissés traverser autant d'étapes du deuil qu'il leur fallait pour assimiler ce qui était arrivé à leur fille. C'était difficile.

Malheureusement, ce n'était pas la première fois qu'elle devait annoncer des nouvelles aussi catastrophiques aux parents d'un élève. Cela arrivait rarement, mais il y avait eu des décès à l'Académie Harding des Arts Magiques au fil des ans.

Lady Mathilda est restée avec eux. Les gens avaient tendance à être plus calmes en présence d'une Haute Elfe. Leur prestance majestueuse et leurs visages bienveillants suffisaient généralement à apaiser même les éclats de colère les plus violents, aussi justifiés soient-ils.

Une heure plus tard, ils sirotaient du thé et tentaient de décider de la meilleure solution. Lady Mathilda et Mlle Clementine s'étaient absentées quelques instants pour leur laisser un peu d'intimité.

À leur retour, il était temps de passer à l'action.

— La fille que vous connaissez et aimez n'est plus là. Je comprends qu'il soit difficile d'accepter cette réalité quand elle est juste là, devant vous, comme si elle pouvait se réveiller à tout moment. Mais je peux vous assurer que si elle se réveillait, ce ne serait pas votre fille. Elle ne serait que l'hôte d'un mal incarné, expliqua Mlle Clementine. Elle savait qu'ils étaient croyants et utilisait le terme « mal » pour faire comprendre son point de vue.

— Nous comprenons, dit M. Honeywell en tenant la main de sa femme. Il semblait résigné ; ils l'étaient tous les deux. Ils avaient versé leurs larmes, d'autres couleraient certainement plus tard, mais maintenant était le moment d'être pratiques.

— Nous ne voulons pas que le corps de notre fille, et encore moins son âme, soient souillés par ce... ce... ce démon. Nous sommes d'accord pour qu'elle et la bête soient incinérées pendant qu'elle est encore dans cet état de congélation. Je sais que c'est techniquement un meurtre, et je suis prêt à aller en enfer pour sauver l'âme de mon bébé. Elle ne sentira rien. Franchement, je suis surpris qu'elle soit encore en vie après avoir été gelée si longtemps.

— Nous l'avons surveillée. Elle s'est mise en semi-congélation, sachant que nous aurions besoin de quelques heures pour réfléchir, répondit Mlle Clementine.

Mme Honeywell éponge ses yeux avec un mouchoir brodé à la main. — C'est bien notre Mandy, toujours à sauver la situation. Vous savez, elle a une fois sauvé toute une famille de chèvres d'un incendie de grange chez notre voisin ? Elle a dit qu'elle les avait entendues bêler dans la nuit et s'est précipitée en pyjama pour les sauver. Elle a sauvé toute la famille. Si elle n'était pas sortie en criant *au feu*, nous n'aurions pas appelé les pompiers à ce moment-là. Et si nous ne l'avions pas fait, le couple de personnes âgées d'à côté aurait pu dormir pendant l'incendie et mourir, dit-elle. Elle n'avait que dix ans !

Une nouvelle vague de larmes jaillit des yeux de chaque personne dans la pièce.

— Oui, il semble que Mandy était destinée à être une héroïne, conclut Lady Mathilda.

Elle versa un peu plus de thé et aborda délicatement le sujet du transfert de Mandy vers un lieu sécurisé.

— Souhaitez-vous superviser le transfert, ou préférez-vous faire vos adieux ici, maintenant ?

Ils se regardèrent et acquiescèrent. Ils en avaient discuté. — Nous avons déjà fait nos adieux. Nous aimerions être informés quand elle sera... quand ce sera terminé, répondit M. Honeywell.

— Que dirons-nous aux autres ? demanda Mlle Clementine. Les élèves, les autres parents, ils voudront savoir.

— Nous aimerions que la vérité soit connue dans la communauté magique. Son sacrifice doit être reconnu. Pour le monde des humains, nous dirons qu'elle a été attaquée par un ours pendant une randonnée dans les bois. Les gens le croiront puisque nous faisons beaucoup de randonnées. C'est assez descriptif pour qu'ils ne posent pas trop de questions, ni ne demandent pourquoi le cercueil sera fermé lors des funérailles.

— Très bien. Nous organiserons une cérémonie en son honneur à l'école plus tard cette semaine et nous veillerons à ce que tout le monde comprenne le rôle crucial qu'elle a joué dans la défaite du Maître, répondit Mlle Clementine.

— Souhaitez-vous passer encore quelques minutes avec votre fille avant que je vous raccompagne ? demanda Lady Mathilda.

— Non, nous devrions vous laisser continuer, dit M. Honeywell, bien que les deux parents se soient arrêtés pour donner à leur fille un baiser et une étreinte maladroite avant de partir.

Après leur départ, Mlle Clementine appela le CEMB et leur demanda de prendre le relais.

Elle s'assit à côté de Mandy, attendant l'équipe de spécialistes, et pleura.

CHAPITRE TRENTE-SEPT

Le lendemain matin, ni Tom ni Arturo n'avaient envie de retourner à l'école, mais ils voulaient savoir ce qui se passait. Tom savait qu'il devait appeler sa mère avant que Miss Clementine ne le fasse puisqu'ils étaient déjà en retard pour les cours.

Quand sa mère décrocha le téléphone, il sut immédiatement que la directrice l'avait devancé.

Arabella était furieuse.

— Pourquoi ne m'as-tu pas appelée ? Pourquoi n'es-tu pas rentré à la maison ? Toute la communauté magique est en émoi à cause de ça ! hurla-t-elle dans le combiné.

— Qu'est-ce que tu veux dire ? demanda Tom. Ça ne faisait même pas douze heures.

— Le CEMB a fait une descente au château du Maître hier soir. Ils ont mis tout l'endroit sous surveillance. Personne n'entre ni ne sort jusqu'à ce que tout le monde ait été interrogé et innocenté.

Wow, c'était rapide. Ça doit être l'œuvre d'Alistair. Il a dû se mettre au travail dès qu'il a su qu'ils étaient en sécurité loin du château.

— Que disent-ils d'autre ? demanda-t-il. C'était parfait. Il n'aurait pas besoin d'aller à l'école pour se tenir au courant. Sa mère était une telle commère qu'elle saurait tout avant même les journalistes.

— Ils disent que c'est une jeune fille qui a sauvé la situation. Qui t'a sauvé *toi* de devenir le prochain monstre. Je n'imagine pas ce que ses parents traversent, mais je trouverai un moyen de les remercier dès que j'aurai trouvé une façon appropriée de le faire, balbutia-t-elle.

— Maman, d'où tiens-tu ces informations ? demanda Tom, stupéfait par les détails.

— Eh bien, certaines me sont parvenues par le bouche-à-oreille. D'autres, je les tiens de Miss Clementine quand elle m'a appelée pour me faire savoir que tu étais en sécurité mais apparemment *porté disparu*, dit-elle, sa voix montant de plus en plus jusqu'à ce que Tom doive éloigner le combiné de son oreille. Arturo, assis à proximité, ricana et Tom articula silencieusement « tu es le prochain » tout en pointant son ami du doigt.

— Je suis désolé, maman. J'avais l'intention de rentrer hier soir. Mais je raccompagnais mes amis, et il était si tard que la mère de Zaina a insisté pour qu'on dorme ici. J'aurais au moins dû appeler, mais je ne voulais pas t'inquiéter en plein milieu de la nuit, dit-il, espérant que la logique de son explication apaiserait sa mère.

Bien qu'il ne doutait pas qu'Arabella ait été sincèrement inquiète en apprenant sa disparition, il était à peu près certain qu'elle se sentait encore plus mal de ne pas savoir où se trouvait son fils quand Miss Clementine avait appelé. Cela la faisait mal paraître.

— Tu ne m'as toujours pas dit où tu es, répondit-elle, apparemment prête à accepter son explication telle quelle.

— Je suis avec Arturo chez la grand-mère de Zaina, répondit-il. Il ne voulait pas que sa mère se fasse des idées, et encore moins qu'elle pose plus de questions qu'elle n'en avait déjà posées.

— Tom Callahan, tu mets ma patience à rude épreuve. Où. Es. Tu ?

— Ah oui, c'est vrai. Je suis au Liban. Plus précisément à Sidon, au bord de la mer. C'est magnifique ici, dit-il.

— Eh bien, quand tu auras remercié ton hôtesse et que tu en auras fini avec tes petites vacances à la plage, je veux que tu rentres à la maison si tu ne prévois pas d'assister aux cours aujourd'hui. Tu as une heure, déclara-t-elle.

— Euh, d'accord. Mais quand tu dis à la maison, quelle maison veux-tu dire ? demanda Tom, réellement confus.

— Ne sois pas insolent avec moi, jeune homme. Je veux dire à la maison, à Cork, bien sûr. Maintenant que la menace est écartée, il est temps de reprendre la vie normale, dit-elle avant de raccrocher brusquement.

Tom regarda le téléphone avec incrédulité. — Si c'était moi qui lui raccrochais au nez, je serais privé de sortie pendant un mois.

La vie normale ?

Elle, Tabitha et tous les autres reprendraient leur vie sociale bien remplie comme si rien ne s'était passé. Mais pour Tom, ses amis et les parents de Mandy, la vie ne serait plus jamais la même.

Il fit signe à Arturo que le téléphone était libre pour qu'il puisse l'utiliser.

— Ma mère me donne une heure, alors il faut qu'on se dépêche et qu'on se mette en route, dit-il.

Arturo acquiesça et appela sa famille.

Tom trouva Zaina sur la terrasse arrière, allongée au soleil du matin en bikini. Il essaya de détourner les yeux, mais elle était si sexy qu'il avait du mal à formuler une pensée cohérente. Sentant sa présence, ou peut-être son regard insistant, elle ouvrit les yeux et le regarda.

— Tu veux aller nager ? Je suis sûre que je peux trouver un short qui t'ira, à toi et à Arturo, dit-elle, se protégeant les yeux du soleil avec sa main.

— Ça devra être rapide. Je viens de parler à ma mère, et elle veut que je rentre au plus vite, répondit-il.

— Ouais, bien sûr, pas de problème. Attends, je vais chercher ces shorts.

Elle se leva et Tom jura qu'elle prenait tout son temps pour se dandiner jusqu'à la maison parce qu'elle savait qu'il regardait ses fesses. Tom se gifla mentalement.

CHAPITRE TRENTE-SEPT

Arrête de reluquer les atouts de ton amie, espèce de pervers !
Souviens-toi de Lola, ta petite amie !

Lola ! Elle lui manquait terriblement. C'est elle qu'il voulait voir hier soir, mais il ne pouvait pas simplement ouvrir une Porte vers l'Académie un mardi soir sans prévenir. Et elle aurait été encore plus inquiète que sa mère s'il avait envoyé une lettre Voyageuse. De toute façon, elle ne l'aurait probablement pas reçue avant le matin puisque c'était après l'extinction des feux.

Bien qu'il fût certain que le directeur et le personnel seraient au courant de ce qui s'était passé, il doutait que quiconque à l'Académie, y compris Lola et Devlin, en ait la moindre idée. C'était mieux pour tout le monde s'ils l'apprenaient plus tard. Il lui enverrait une note rapide pour prendre des nouvelles puisqu'il n'avait pas eu l'occasion de le faire hier soir, et il leur raconterait tout, à elle et à Devlin, pendant le week-end.

Arturo sortit avec Zaina, déjà vêtu d'un short de bain ridicule de style hawaïen. Il fit un tour de piste convaincant et Tom éclata de rire. Zaina lui jeta une paire encore plus affreuse en pleine figure.

— Ils appartenaient à mon grand-père, dit-elle avec un regard noir.

Les garçons cessèrent de rire et Tom alla à l'intérieur pour se changer.

Ils restèrent plus d'une heure. Le matin était le meilleur moment pour être dehors dans cette partie du monde, car il faisait très chaud dès midi. C'était aussi pourquoi les gens mangeaient si tard le soir, après que la chaleur de la journée se soit dissipée.

Ils se séchèrent, prirent un autre repas et remercièrent abondamment leurs hôtesses. Ils avaient tous deux une invitation permanente pour revenir quand ils le voudraient.

Zaina les serra dans ses bras avant qu'ils ne partent. Devant leurs regards identiques de surprise, elle répondit simplement : — Si vous le dites à qui que ce soit, je vous casse les doigts.

Elle était sérieuse, mais après un moment, ils éclatèrent tous de rire.

— Je vous verrai à l'école dans quelques jours, dit-elle alors qu'ils partaient.

CHAPITRE TRENTE-HUIT

Tom se tenait dans le bureau de son père, son bureau désormais, et fixait l'endroit où Le Maître était resté figé devant la cheminée. L'homme et le fauteuil avaient été enlevés, et Tom regrettait la perte des deux.

Après tout, cet homme avait été son grand-père. Il aurait aimé le connaître avant qu'il ne soit possédé par Brön. Quand cela s'était-il produit ? Quand il était un nourrisson comme Conor, ou plus tard dans sa vie comme son père ?

Tom regrettait aussi le fauteuil. Il aimait la façon dont le siège gardait l'empreinte de son père, comment il se sentait étreint par lui chaque fois qu'il s'y asseyait. Il se souvenait de ces moments assis sur les genoux de son père, faisant semblant d'écrire d'importants documents et de les sceller à la cire.

Tom regrettait la bague de son père. Elle aussi avait disparu à jamais. Bien que maintenant qu'il connaissait l'histoire de l'anneau, il pensait qu'il pourrait trouver un autre objet pour se souvenir de son père.

Il n'avait pas vraiment besoin d'un souvenir. Le bureau tout entier lui rappelait son père, tout comme les nombreux journaux qu'il prendrait le temps de retrouver et de lire chaque fois qu'il reviendrait de l'école.

L'école. Voilà un autre sujet qui devait être abordé. Sans la bague, Tom n'avait plus de don excepté sa capacité à Voyager et à lancer des sorts. Il pourrait continuer à Harding. Tous les élèves de Harding n'avaient pas de capacités spéciales et tous étaient néanmoins considérés comme des Sorcières et des Sorciers.

Miss Clementine avait appelé pour l'informer de la cérémonie commémorative pour Mandy vendredi et pour lui demander d'y assister. Après qu'il eut promis d'être présent, elle avait abordé le sujet, sachant que Tom se sentirait à nouveau ambivalent quant à son avenir à Harding. Elle avait raison. Il lui avait fallu longtemps pour choisir Harding quand il avait des capacités spéciales, mais maintenant qu'il n'était essentiellement qu'un Voyageur, il se demandait où était sa place.

— J'aimerais y réfléchir pendant le week-end. Je serai à l'école pour la cérémonie vendredi, mais je ne me sens pas encore prêt à assister aux cours.

— Je comprends, Tom. Prenez votre temps. Nous serons là quand vous serez prêt, avait répondu la Directrice.

Tom sursauta en sentant une main sur son épaule.

— Il me manque aussi, dit sa mère, supposant que Tom pensait à son père. Il posa sa main sur la sienne et la serra.

Il avait été vague sur les détails de ce qui s'était passé dans le bureau, craignant que sa mère ne panique et décide de redécorer la pièce pour l'exorciser de la présence du Maître. Elle ne pouvait pas assimiler Le Maître à l'homme que son beau-père avait été. Pour elle, l'homme était mort et celui qui était revenu était un changelin.

Tom était content qu'elle n'ait pas voulu parler de son expérience jusqu'à l'écœurement. C'est ce qui rendait supportable de rester à la maison ces derniers jours, car c'est ce qui se serait produit à l'école. Les gens auraient voulu tout savoir.

Il avait envoyé quelques messages à Arturo, Zaina et Benny pour voir comment ils allaient. Il leur avait même proposé d'aller les chercher pour qu'ils puissent traîner où ils voulaient, mais chacun avait encore besoin de digérer la mort de Mandy à sa manière.

Pour Tom, ça passait par une visite aux parents de Mandy dans le Vermont. Sa mère l'en avait dissuadé, mais il se sentait quand même obligé d'y aller. C'était sa faute après tout.

Tom se tenait devant la maison des Honeywell. Tom n'avait jamais visité cette partie de l'Amérique auparavant. C'était si joli, les premiers colons craintifs auraient sûrement pu trouver un meilleur nom que Nouvelle-Angleterre.

Mandy avait souvent parlé de sa maison dans le Vermont, du ski et de la randonnée, et de la joie qu'elle et sa famille ressentaient à être ensemble dehors, par tous les temps.

C'était le début du printemps maintenant. Mandy manquerait l'éclosion des nouvelles fleurs, la naissance des chatons, chiots, canetons et poulains. Mais Tom était là pour en témoigner à sa place, et il raconterait à ses parents l'histoire telle qu'elle s'était déroulée. Ils méritaient de tout savoir. Et les professeurs n'en connaissaient pas la moitié.

Il prit une profonde inspiration et sonna à leur porte. Il attendit, se balançant sur la pointe des pieds, se répétant que tout irait bien. S'ils lui criaient dessus, le détestaient, ou même le frappaient, c'était leur droit, et peut-être qu'ils se sentiraient tous mieux après.

La porte s'ouvrit et une fille d'environ quinze ans le regarda avec les yeux de Mandy. Sa sœur, Jessica. Jessie. Tom n'avait pas pensé qu'elle serait à la maison, mais bien sûr, elle ne serait pas à l'école quelques jours après le meurtre de sa sœur.

— Salut, tu dois être Jessie. Je suis...

— Tom, dit-elle simplement et s'écarta pour le laisser entrer.

Il entra et elle ferma la porte. Ils restèrent maladroitement dans l'entrée.

— Je... je suis désolé, dit-il, essayant de mettre autant d'émotion et de sincérité que possible derrière ces mots terriblement inadéquats.

— Merci. Je suppose que tu es venu voir mes parents, répondit-elle, et Tom acquiesça.

— Veux-tu voir sa chambre avant d'aller les voir ? Ils sont dans le jardin.

Tom s'interrogea sur la convenance de visiter la chambre de Mandy. Ils n'avaient pas été des amis proches. Non, ce n'était pas exact. Ils ne s'étaient pas connus longtemps, mais ils étaient devenus proches durant cette courte période dans le cadre d'une amitié grandissante. Les Quatre Mousquetaires, comme l'un d'eux avait dit. S'il avait traîné chez Mandy, il aurait vu sa chambre, ses affaires, son sanctuaire intérieur. Le fait que Jessie veuille lui montrer la chambre de Mandy comptait aussi pour quelque chose. Cela signifiait que Mandy avait parlé de lui à la maison, qu'il n'était pas un parfait étranger. Cela pouvait aussi signifier que Jessie avait besoin de partager le souvenir de sa sœur avec quelqu'un qui connaissait une autre part d'elle, comme si en combinant leurs connaissances, ils pouvaient la rendre entière à nouveau, ne serait-ce qu'un instant.

— J'adorerais ça, répondit-il, et Jessie montra le chemin.

C'était une grande maison moderne, pleine de lumière. Chaque pièce qu'il traversait avait des fenêtres du sol au plafond et un mobilier simple mais élégant. De l'extérieur, la maison semblait avoir deux étages, mais maintenant, il voyait que c'était une illusion. Le plafond dépassait les 2,40 mètres de hauteur, partout, et pendant un moment, il se demanda si l'un de ses parents était un Haut Elfe, car ils se seraient sûrement sentis chez eux ici.

Il n'arrivait pas à imaginer comment Mandy et Jessie pouvaient supporter d'aller à l'école dans un château sombre, humide et lugubre en Écosse alors qu'elles vivaient dans un espace si aéré, lumineux et chaleureux.

Une fois les espaces communs passés, ils dévièrent vers la droite en direction de ce que Tom pensait être l'aile des enfants. Celle de Mandy était celle du bout. Sa chambre avait la forme d'un losange, toute en fenêtres et angles bizarres.

Son lit était contre le seul mur sans fenêtre. La décoration était aussi ensoleillée et pétillante que Mandy elle-même. Il n'y aurait pas de comparaison de versions aujourd'hui. Mandy avait été authentique avec tout le monde. Joyeuse, optimiste et farouchement loyale.

Tom passa sa main sur sa coiffeuse où des babioles colorées et des parfums fruités attendaient son retour. Son bureau était empilé de manuels de biochimie. Sur une étagère au-dessus se trouvaient de nombreux modèles d'atomes, ou quoi que ces sphères et bâtons étaient censés représenter.

Il s'approcha de sa bibliothèque et regarda les livres que Mandy lisait pour le plaisir. C'était principalement de la science-fiction avec quelques thrillers ici et là. Tom s'enfonça dans le pouf jaune vif et prit celui qu'elle était en train de lire.

Il l'ouvrit à la page marquée et commença à lire. Il avait lu un paragraphe avant de se rappeler que Jessie était dans la pièce avec lui. Quand il leva les yeux, ce n'était pas Jessie qu'il vit mais ses parents, debout dans l'encadrement de la porte, qui le regardaient.

Il se leva précipitamment, remit le marque-page et se pencha pour replacer le livre exactement où il l'avait trouvé. Il essaya même de remettre le pouf dans sa position initiale, mais c'était un effort futile.

Il s'essuya les mains sur son jean et dit à nouveau ces mots insipides : « Je suis tellement désolé. »

— Jessica nous a dit que tu étais là. Nous sommes heureux que tu sois venu, dit Mme Honeywell, le visage calme, patient, compréhensif.

Tom resta figé sur place, incapable de parler alors que les larmes lui montaient soudain aux yeux. Il ouvrit la bouche pour dire quelque chose, n'importe quoi qui puisse arranger les choses, mais la boule dans sa gorge l'étouffait.

Tom n'avait pas pleuré. Il ne s'était pas permis de pleurer parce qu'il ne sentait pas qu'il méritait de pleurer alors que d'autres personnes avaient tant perdu. À cause de lui et de sa famille de psychopathes, ces gens avaient perdu une fille. Et le monde avait été privé d'un des êtres humains les plus exceptionnels qui aient jamais vécu.

Les vannes s'étaient ouvertes maintenant, ici de tous les endroits, et la honte lui monta aux joues avant de descendre dans son cœur pour se mêler à la culpabilité qu'il ressentait déjà. Malgré ses efforts, il ne pouvait tout simplement pas s'arrêter de pleurer.

Mme Honeywell entra dans la pièce et prit Tom dans ses bras. Au début, il resta là bêtement, les bras ballants, se sentant comme un lâche. Quand Mme Honeywell commença à lui caresser l'arrière de la tête et à murmurer : « Ça va aller. Ça va aller. Tu vas t'en sortir, » d'une voix apaisante tout en le berçant dans ses bras, Tom craqua complètement.

Des sanglots laids et douloureux secouèrent son corps et il s'accrocha à elle. Il s'accrocha à elle parce qu'il avait besoin d'une ancre. Il avait besoin d'une mère, de quelqu'un qui prenne son parti. Mais ensuite, il s'accrocha à elle parce qu'elle était la mère de Mandy. Ces bras avaient tenu Mandy. La gentillesse de cette femme avait fait de Mandy la personne gentille et généreuse qu'elle avait été. À travers elle, il s'accrochait à Mandy.

Quand ses sanglots s'apaisèrent, il continua à s'accrocher, car il comprit qu'il était lui aussi un substitut de Mandy. Il prit une profonde inspiration et relâcha le poids qui l'avait accablé. Il était venu ici en s'attendant à de la colère et à des récriminations. Au lieu de cela, il avait trouvé du réconfort.

CHAPITRE TRENTE-NEUF

Après avoir fini de pleurer, et s'être excusé pour ce débordement embarrassant et inapproprié, il s'est assis avec les Honeywell sur leur terrasse. Il leur a tout raconté. Depuis son premier jour à l'école où Mandy lui avait fait visiter, jusqu'aux derniers moments qu'ils avaient passés ensemble dans le bureau de son père.

Ils lui ont parlé de son enfance, de ses capacités magiques, de ses rêves d'avenir, et du fait qu'elle avait eu un faible pour lui depuis le premier jour où il était arrivé à Harding.

Il ne l'avait pas su. Il pensait qu'elle était simplement amicale. À ce compte-là, il devrait peut-être supposer que Zaina avait également un faible pour lui, car elles avaient toutes les deux réagi à peu près de la même façon lorsqu'elles avaient appris qu'il était transféré à Harding. Il ne savait pas quoi penser de tout ça.

Quand la conversation a commencé à s'essouffler, il les a remerciés pour leur hospitalité et leur générosité. La journée avait été cathartique pour eux tous et il était content d'être venu.

Il est allé à l'école le lendemain. C'était la cérémonie commémorative de Mandy. C'était aussi le premier jour de retour pour Benny et Zaina. Arturo était revenu la veille.

Alors qu'ils prenaient place dans la salle de l'assemblée, Tom aperçut Jessica au premier rang avec ses parents. Elle lui fit un signe d'encouragement avant de se retourner vers l'estrade où Miss Clementine s'apprêtait à s'adresser à l'assemblée.

Bien qu'elle parlât avec éloquence, tous les regards étaient fixés sur le portrait grandeur nature d'une Mandy souriante, les cheveux au vent, les bras levés en signe de triomphe au sommet du mont Washington.

Tom n'avait jamais fait de randonnée de sa vie, mais il voulait aller dans le New Hampshire et marcher sur les traces de Mandy jusqu'à atteindre le sommet de la montagne. Serait-elle là ? Se sentirait-il aussi insouciant et joyeux que la Mandy sur la photo ?

Une fois que Miss Clementine eut terminé son discours, elle invita les parents de Mandy à monter sur l'estrade. Seul M. Honeywell se leva. Tom parla des valeurs de Mandy, de sa conviction et de son courage ultime, et ses dernières paroles furent suivies d'une minute de silence debout.

Ensuite vint Jessica, qui parla du lien entre sœurs, mais aussi de la sororité qu'elle avait trouvée ici à l'école et du fait que chacun devrait trouver du réconfort dans l'amitié. Si les participants n'avaient pas été émus par les deux orateurs précédents, ils ne pouvaient qu'être une flaque de larmes après le discours de Jessie.

Quelques autres amis racontèrent des histoires amusantes et des anecdotes pour alléger l'ambiance, mais quand tout fut terminé, et que la chanson d'adieu commença à jouer dans les haut-parleurs, il n'y avait pas un œil sec dans la salle.

« Plus de soleil quand elle s'en va. Il ne fait pas chaud quand elle n'est plus là... »

CHAPITRE QUARANTE

Alistair n'avait jamais été aussi fatigué de sa vie. Moins d'une heure après avoir envoyé son message à l'OMF, le château avait été pris d'assaut par une armée d'agents magiques qui avaient rapidement fermé les lieux.

Alistair avait donné accès à tous les dossiers personnels, et une équipe d'intervention coordonnée s'occupait également de tous les employés de Vardo ou les Frères qui ne résidaient pas au château.

Tout le monde avait été détenu et interrogé de manière approfondie.

Bien qu'il ne dirigeait pas l'enquête, Alistair était leur informateur interne et son avis était requis tout au long du processus épuisant de séparation des coupables et des innocents.

Il était resté debout toute la nuit, rédigeant des accords de confidentialité supplémentaires et des indemnités de départ pour les employés souhaitant quitter Vardo suite aux événements qui s'étaient produits.

On lui avait demandé d'assumer le rôle de Directeur Général par intérim. Non pas parce qu'il était apparenté à Brendan Callahan ou qu'il avait des droits sur l'entreprise, mais parce qu'il était la seule personne en qui ils pouvaient avoir confiance pour superviser la partie légitime pendant qu'ils démêlaient le reste. Il faudrait plus d'une nuit pour venir à bout de la toile de tromperie tissée par Le Maître.

Pour la plupart, les employés de Vardo étaient des humains ordinaires recrutés pour les postes décrits dans leurs dossiers RH.

Tous les Frères n'étaient pas des employés de Vardo et certains d'entre eux avaient été difficiles à localiser une fois identifiés par leurs confrères.

Quand il rentra enfin chez lui, il trouva Derek dans leur suite. Assis sur le canapé, il ne semblait pas avoir dormi non plus. Il était évident qu'il attendait son retour.

Derek avait été blanchi après son premier interrogatoire, mais pas Kenya. Elle avait été emmenée pour un interrogatoire plus approfondi par l'OMF. Le fait que Derek soit dans la pièce pouvait autant signifier qu'il voulait des réponses qu'il n'avait nulle part où aller.

Bien qu'il ne voulait que sombrer dans l'oubli, Alistair s'approcha du canapé opposé et s'assit. Il était sur le point de parler quand Derek leva la main pour l'arrêter.

— Tu as été au courant depuis le début ? demanda-t-il. Le pli furieux de sa mâchoire indiquait clairement la direction que prenait cette conversation.

Alistair hocha la tête.

— C'est pour ça que tu es venu à l'enterrement ?

— Non, bien sûr que non ! J'y suis allé parce qu'on est potes et que ton père est mort, insista-t-il.

— Si on est de si bons potes, pourquoi tu me mens depuis des semaines ? demanda-t-il, frappant sa cuisse du plat de la main.

C'était pour ça qu'Alistair n'entretenait pas de relations étroites. Ceux dont il se rapprochait finissaient inévitablement par découvrir qu'il leur avait menti. Parfois, c'était pour des choses insignifiantes comme son vrai nom. Mais d'autres fois, c'était énorme, comme le fait qu'il travaillait sous couverture pour capturer un Sorcier maléfique et avait utilisé un ami pour atteindre ses objectifs.

Quelle que soit l'ampleur des mensonges, le problème était toujours qu'il avait menti. Il avait brisé la confiance. Cela invalidait tout ce qu'il avait partagé avec la personne. Il y était habitué, mais ça ne devenait jamais plus facile.

— Je suis désolé de ne pas avoir pu te le dire. Je sais que tu ne me croiras pas, mais j'ai vraiment apprécié le temps qu'on a passé ensemble depuis qu'on s'est retrouvés. Venir ici et obtenir ce boulot était autant une aventure pour moi que pour toi. J'espère que tu pourras pardonner les mensonges par omission que j'étais obligé de faire.

La mâchoire de Derek se crispa une fois puis se détendit. Alistair pouvait voir qu'il ne voulait pas rester en colère. Si ça avait été lui, il aurait été déçu et peut-être un peu effrayé.

— Kenya... ils l'ont emmenée. Tu sais si elle va être inculpée de quelque chose ? questionna-t-il.

— Je ne suis pas autorisé à le dire, répondit Alistair en se sentant misérable. Mais je ne pense pas que son implication justifie un séjour à La Forteresse, si c'est ce qui t'inquiète.

Il pouvait au moins donner cette tranquillité d'esprit à son ami.

— Je veux dire, je l'aime vraiment, mais j'ai rejoint la Fraternité uniquement parce qu'elle m'a poussé à le faire et parce que je t'ai vu suivre le mouvement. Toute cette histoire ne m'a jamais semblé correcte et maintenant je me demande si notre relation n'était qu'une mascarade, dit-il en mettant la tête dans ses mains.

— Je ne sais vraiment pas quoi te dire. Il semblait que vous vous entendiez bien dès le début, mais je ne suis pas en position de juger la sincérité de quelqu'un. Elle aurait pu être infiltrée. Comme moi, répondit Alistair, sa voix à peine plus qu'un murmure pour cette dernière partie.

Ils ne parlèrent pas pendant quelques minutes et Alistair luttait pour rester éveillé. Il devait à son ami de répondre à toutes ses questions.

— Donc, tu savais que mon père avait été assassiné par ton cousin pendant tout ce temps, dit Derek. Ce n'était pas une question, ni une accusation. C'était juste une affirmation.

— Oui.

Il ne prit pas la peine de s'excuser. À son avis, c'était un secret que

Derek aurait pu continuer à ignorer. Cela ne servait qu'à rouvrir des plaies qui commençaient à peine à guérir.

Le silence qui s'ensuivit était inconfortable. Alistair demanda finalement ce qu'il voulait vraiment savoir.

— Tu restes chez Vardo ?

Derek se redressa et le regarda, les lèvres pincées comme s'il ne savait pas comment répondre.

— C'est le meilleur boulot que j'ai jamais eu. Je me plais vraiment ici, mais je ne sais pas si je peux rester, avec tout ce qui s'est passé.

— Pareil, répondit Alistair.

— Et si je te disais que le siège serait déplacé vers un autre établissement, serais-tu intéressé ? continua-t-il.

Derek leva les yeux au plafond et réfléchit un moment. — Y aurait-il autant d'avantages ?

— Plus encore ! Un bâtiment ultramoderne, un campus, et des logements modernes et écologiques pour ceux qui les veulent, dit Alistair.

Derek se ragaillardit. — Dis-m'en plus !

— J'adorerais, Derek, mais j'ai vraiment besoin de m'écrouler maintenant. On en discute au petit-déjeuner, ou au déjeuner, ou quel que soit le repas qu'ils servent à la cafétéria quand je me réveillerai enfin. Marché conclu ? demanda-t-il.

— Marché conclu ! J'ai aussi besoin de dormir. Il se leva et s'étira, bâillant pour la suite, — Oh, et rappelle-moi de te botter le cul quand on sera en forme. Je ne t'ai pas encore pardonné.

— C'est noté. À dans quelques heures, lança Alistair avant de tomber face la première, tout habillé sur son lit.

CHAPITRE QUARANTE ET UN

Après la cérémonie commémorative, tout le monde s'est rendu à la cafétéria pour un léger déjeuner. Les cours de l'après-midi avaient été annulés et certains étudiants partaient déjà pour le week-end.

Tom était assis avec Benny, Zaina et Arturo. Il picorait dans son assiette, comme eux tous.

— Où croyez-vous qu'ils l'ont emmenée ? demanda Benny.

Il parlait de Mandy, bien sûr. La dernière fois qu'ils l'avaient vue, elle était figée mais vivante.

— J'ai entendu dire qu'ils l'ont placée dans une chambre à vide et l'ont transportée à La Réserve, dit Arturo.

Tom était surpris. Jusqu'à sa visite chez les Honeywell, il n'avait aucune idée de ce qui se passait.

— Comment peux-tu savoir ça ? demanda Zaina.

— J'ai entendu les autres mères de maison en parler. Masha, la responsable de la cinquième année, a un oncle qui y travaille, dit-il.

— C'est vrai ? demanda Zaina, s'adressant cette fois à Tom.

Tom hocha la tête. — Je suis allé voir ses parents hier, répondit-il.

— Vraiment ? Comment ont-ils réagi ? demanda Zaina.

— Ils ont été très corrects. Je m'attendais à ce qu'ils me demandent de prendre sa place ou quelque chose comme ça. J'étais prêt à le faire, mais ça ne la ramènerait pas à ce stade.

Tout le monde acquiesça.

— Donc, si mes connaissances en science-fiction sont fiables, en la plaçant dans une chambre à vide, ils l'ont essentiellement tuée dans un conteneur hermétique, hasarda Benny.

Zaina hoqueta. — C'est horrible ! Tu veux dire que c'est comme aller dans l'espace sans combinaison ?

— À peu près, mais ce n'est pas aussi dramatique que tu le présentes. D'abord, elle était déjà gelée et ses signes vitaux étaient faibles. Ensuite, une fois qu'on retire l'air d'une chambre, il faut moins de trente secondes pour qu'une personne perde conscience, et elle meurt en moins de deux minutes. Puisque Mandy était déjà inconsciente, elle est probablement morte en moins de soixante secondes, répondit Arturo.

Zaina frissonna et Benny prit de profondes inspirations pour se calmer, s'éventant les yeux pour éviter de pleurer.

— D'après ce que les Honeywell m'ont dit, une équipe d'extraction est venue la chercher. Ils l'ont placée dans la chambre et lui ont fourni de l'oxygène pendant le transport. Mlle Clementine et Lady Mathilda étaient présentes tout le temps et ont dit à Mme Honeywell que Mandy ressemblait à Blanche-Neige dans son cercueil de verre.

Lady Mathilda a escorté Mandy jusqu'à La Réserve et est restée jusqu'à ce que la chambre soit placée dans une pièce sécurisée. Une bonbonne a été fixée à la chambre pour recueillir l'air et toutes les autres particules, ou esprits, qui seraient extraits de la chambre lors du processus de mise sous vide.

— Qu'est-ce qu'ils ont fait du corps de Mandy ? demanda Benny.

— Qu'est-ce qu'ils ont fait de la bonbonne ? demanda Zaina.

— Mandy a été incinérée conformément aux souhaits de ses parents pour s'assurer qu'elle n'aurait pas de corps où revenir si les choses tournaient mal. Quant à la bonbonne, ils l'ont placée dans une boîte doublée de plomb à l'intérieur d'un coffre en fer jusqu'à ce qu'ils puissent déterminer comment la détruire.

— Comment peut-on être sûrs que ça a marché ? demanda Benny.

— Ouais. Comment savoir avec certitude que personne ne l'a respiré ? dit Arturo.

Tom réfléchit à cela.

— J'étais dans la pièce avec elle quand c'est arrivé, et je saurais si Brön avait pris possession de mon corps. Je pense que ce serait évident pour tous ceux qui me connaissent, dit-il.

— Lady Mathilda l'a amenée ici. Si l'un d'entre vous l'avait respiré, vous seriez mort ou devenu incroyablement puissant maintenant. C'est pareil pour les professeurs. Je ne suis pas sûr pour les Hauts Elfes, mais je suis presque certain qu'ils sont immunisés contre la possession.

Zaina hochait la tête. — D'accord, mais qu'en est-il de l'équipe qui est venue la chercher ?

— Lady Mathilda est restée avec Mandy tout le temps. Si l'esprit s'était échappé entre le processus de mise sous vide et de mise en coffre, il y aurait sûrement des cadavres partout. Je ne pense pas qu'il puisse survivre sans corps. Et pour l'instant, je ne pense pas qu'il puisse s'échapper de son conteneur.

— Alors, c'est fini ? demanda Benny.

— Oui, je dirais que c'est fini, répondit Tom.

CHAPITRE QUARANTE-DEUX

Tom voulait faire quelque chose de sympa pour ses amis, et il voulait aussi se distraire en attendant de pouvoir voir Lola. Elle serait en cours toute la journée et dînerait probablement avec sa famille en rentrant. Le temps qu'elle ait terminé, il serait trop tard au Royaume-Uni pour lui rendre visite.

Il lui avait envoyé une lettre de Voyage la veille et ils avaient convenu de passer la journée ensemble samedi. Comme son interdiction de voyager était maintenant levée, il lui avait dit de porter des chaussures confortables et d'apporter son passeport.

— Qu'est-ce que vous faites cet après-midi ? demanda-t-il à Zaina, Arturo et Benny. La cafétéria se vidait, mais ils n'avaient fait aucun geste pour partir.

Tous répondirent une variante de rentrer à la maison et se détendre.

— Ça vous dit de faire un voyage ? Je promets de vous ramener pour l'heure du dîner, ou quand vous devrez être chez vous, dit Tom en se frottant les mains d'anticipation.

— Tu as le droit de nous emmener partout dans le monde ? demanda Benny.

— Excellente question, Benny ! En fait, j'ai vérifié Le Manuel du

Voyageur. Il stipule clairement que je ne peux pas exposer ma Clé, ma Porte ou d'autres accessoires de Voyage aux humains, c'est-à-dire les sorts et tout ça. Nulle part il n'est écrit que je ne peux pas partager ma capacité avec des Sorcières et des Sorciers, s'exclama-t-il. Pour souligner son propos, il sortit le Manuel de sa poche. Il avait utilisé le sort pour le miniaturiser et avait juré de toujours le porter sur lui désormais.

Zaina éclata de rire et dit : — Range ton livre de sorts pour bébés. J'étais partante dès que tu as dit voyage !

— Moi aussi ! répondit Arturo.

— Eh bien, je ne vais pas rester en arrière ! Où allons-nous ?

Ils en débattirent un moment mais décidèrent de retourner chez Zaina au Liban. Il y ferait chaud, ensoleillé, et il y aurait certainement de la nourriture.

— Prenez vos affaires et retrouvons-nous dehors dans trente minutes. C'est suffisant ? demanda Tom.

Ils sortirent presque en courant de la pièce, se bousculant pour passer la porte. Tom était heureux qu'ils soient enthousiastes à l'idée du voyage. Cela faisait un moment qu'il n'avait pas été excité par grand-chose. Quant au Voyage, il l'avait toujours considéré comme acquis, surtout parce que tous ses amis pouvaient le faire aussi.

Maintenant qu'il se trouvait parmi des non-Voyageurs, cela le faisait se sentir spécial et il réalisa à quel point c'était cool d'avoir une Clé magique qui pouvait ouvrir une Porte vers n'importe quel endroit du monde.

Tom prépara son sac et appela sa mère pour lui faire savoir qu'il rentrerait bientôt, mais seulement pour déposer son sac et prendre son téléphone portable avant de ressortir avec ses amis.

Il répondit à toutes ses questions et fut soulagé d'apprendre qu'elle ne serait pas à la maison. Elle prenait le thé à Milan avec une amie avant de se rendre à une exposition d'art. Elle ne rentrerait pas avant tard, mais elle était très contente qu'il ait appelé.

Quand il sortit, il vit que ses amis étaient déjà là. Il leur demanda s'ils étaient d'accord pour qu'il dépose son sac chez lui et récupère son téléphone et son maillot de bain.

CHAPITRE QUARANTE-DEUX

— J'adorerais voir où tu habites ! s'exclama Zaina.

— Serait-ce trop demander de passer chez moi faire pareil ? Je n'ai pas pu joindre mes parents, donc je pourrais laisser un mot et ils ne s'inquiéteront pas, dit Benny.

— Ça ne me dérange pas si les autres sont d'accord, répondit Tom.

— Ça me va. Surtout si on peut passer chez moi aussi ! dit Arturo, pour une fois incertain de lui-même.

— Ça me va. N'oubliez pas qu'il y a quatre heures de plus à Sidon, donc on y arrivera vers dix-sept heures après tous nos arrêts. Ça rendra le soleil et la chaleur plus supportables de toute façon. Comptez sur moi !

— Je n'ai jamais été chez quelqu'un que j'ai rencontré à l'école. C'est vraiment génial ! dit Benny.

Tom sortit sa Clé et ouvrit une Porte vers sa maison en premier. Il fit faire à ses amis une visite rapide, leur montrant l'armure et s'assurant de passer par le bureau. Les esprits curieux voulaient savoir ! Ils observèrent une minute de silence dans le bureau en l'honneur du sacrifice de Mandy avant de poursuivre leur tournée de maisons.

Ensuite, ce fut la maison de Benny à Richmond. Pendant que Benny leur faisait visiter la majestueuse demeure, Tom ne put s'empêcher de penser que sa mère adorerait les antiquités et l'art impressionniste accroché aux murs.

Ils ne s'attardèrent pas et se rendirent rapidement chez Arturo à Palerme, en Italie. Il vivait avec sa grand-mère sourde dans un appartement de trois pièces au troisième étage dans une partie plus rurale de la ville. Par chance, sa grand-mère était sortie cet après-midi-là et ils n'eurent pas à s'asseoir, manger du gâteau et expliquer comment ils étaient arrivés là. *Nonna* n'était pas une Sorcière, et l'explication aurait été longue.

Ils arrivèrent chez Zaina un peu après dix-sept heures. Zaina avait appelé à l'avance, et les dames s'extasièrent sur Benny. Une fois qu'ils eurent pris un goûter, on les chassa de la cuisine pour qu'ils aillent jouer dehors comme des enfants.

Les garçons restèrent jusqu'à une heure du matin, ce qui ne faisait que vingt-et-une heures au Royaume-Uni. Mais ils s'étaient bien amusés et avaient hâte de recommencer bientôt.

Tom déposa les gars et rentra dans une maison vide. Tabitha était venue et repartie. Elle passait le week-end chez son nouveau petit ami à Ibiza ou dans un autre endroit à la mode.

Tom était heureux d'avoir la maison pour lui tout seul. Il prit une douche et enfila son pyjama préféré. Il aurait pu descendre dans leur salle de télévision, mais il se sentait plus à l'aise en restant dans sa chambre. Il prit son ordinateur portable et s'installa dans son lit pour regarder en rafale toutes les séries qu'il avait manquées ces dernières semaines.

La journée avait mal commencé. Mais passer du temps avec ses amis et s'amuser lui avait rappelé que la vie continuait, même après les événements les plus traumatisants. Les gens devaient toujours manger, dormir et essayer de trouver de la joie là où ils le pouvaient.

C'était bon d'être à la maison.

CHAPITRE QUARANTE-TROIS

Tom se présenta chez Lola à neuf heures le lendemain matin. Il était ravi que Lola ait accepté de commencer tôt, car pour lui il était déjà quatorze heures, et il ne pensait pas pouvoir attendre plus longtemps.

Ils l'attendaient pour le petit-déjeuner. La tante et l'oncle de Lola et Devlin voulaient aussi entendre l'histoire de Tom, ce qui lui permettrait de s'en débarrasser rapidement.

— Vas-tu rester à Harding ou retourner à L'Académie ? demanda Phyllis.

Tom regarda Lola. Ils n'avaient pas encore eu l'occasion d'en discuter.

— Je pensais terminer le semestre et voir ensuite. Avec tout ce qui s'est passé, je ne peux pas dire que j'ai vraiment donné sa chance à Harding. Le peu de cours que j'ai eus étaient intéressants et utiles. Je n'en ai pas encore discuté avec la Directrice, mais peut-être que je pourrais renoncer au programme magique complet qu'ils avaient initialement prévu pour moi, puisque je n'ai pas de dons magiques particuliers. Comme ça, je pourrais me concentrer sur mes cours universitaires, vu que j'ai déjà du retard.

— Mais non, idiot, tu n'as pas de retard, tu te souviens ? Toi et moi avons un an d'avance grâce aux Devoirs de Gardien, que je n'ai plus maintenant, dit Lola.

— En effet, dit Devlin. L'Académie n'est-elle pas obligatoire pour tous les Gardiens ?

Le visage de Tom se figea. — Tu as raison, c'est vrai ! Je n'arrive pas à croire que j'ai oublié ça.

Boris se leva et commença à débarrasser la table. — C'est compréhensible. Je suis sûr que le Directeur Lianon te permettra de terminer ton semestre à Harding. Si tu voulais vraiment poursuivre tes études là-bas à l'automne, un arrangement pourrait sûrement être trouvé. Peut-être des cours d'été ?

Lola et Tom gémirent à l'unisson.

— Qu'est-ce que j'ai dit ? demanda Boris avant de se diriger vers la cuisine.

— Ce serait bien notre veine. Moi à Harding avec des cours d'été à L'Académie pendant que Lola est à L'Académie avec des cours d'été à Harding, expliqua Tom.

— Oh, je vois le problème ! dit Boris en sortant.

— Je suis sûre que vous trouverez une solution, les enfants. Tant que tout le monde est scolarisé, je suis certaine que les adultes accepteront n'importe quelle proposition, ajouta Phyllis en se levant de table.

— Si vous voulez bien m'excuser, je dois m'occuper des jumeaux. Nous venons d'embaucher une nouvelle nounou et j'aime vérifier son travail de temps en temps, expliqua Phyllis.

— Merci pour le petit-déjeuner, Phyllis, dit Tom en se levant.

— De rien, mon chou. J'espère te revoir bientôt, répondit-elle, puis se tournant vers Lola : Amusez-vous bien pendant votre sortie !

Après son départ, ils quittèrent la salle à manger et se dirigèrent vers le hall d'entrée. Devlin leur demanda où ils allaient.

— C'est une surprise, répondit Lola en tapant des mains d'excitation.

— Puis-je te parler un instant, Tom, avant que vous ne partiez ? demanda Devlin.

— Oui, bien sûr, répondit Tom. Il fit un clin d'œil à Lola en suivant Devlin jusqu'à son bureau.

C'était étrange d'avoir un bureau à leur âge. Bien que Devlin ait plus de dix-huit ans et rappelait régulièrement à Lola et Tom qu'il était adulte, il ressemblait toujours à un gamin derrière le bureau de son père.

— J'aimerais savoir où tu emmènes ma sœur, ce que vous prévoyez d'y faire et quand vous reviendrez, dit-il, les mains jointes devant lui, le visage impassible, comme s'il menait une importante transaction commerciale.

Tom connaissait la routine et admirait la nature protectrice de Devlin.

— J'emmène Lola à Paris pour rattraper notre rendez-vous raté. Nous commencerons à Notre-Dame, visiterons la vieille chapelle, marcherons jusqu'au Louvre, explorerons le musée pendant quelques heures, puis irons nous ballader au jardin des Tuileries pour finir avec un dîner sur un Bateau-Mouche. Si nous avons le temps, nous pourrions explorer le Quartier Latin. Est-ce que cela rencontre l'approbation de Monsieur ? plaisanta Tom.

— Oui, c'est un itinéraire acceptable. Tu auras ton téléphone sur toi ? demanda-t-il.

— Bien sûr. Tout comme Lola, qui a également une Clé et pourrait partir quand elle le voudrait, dit Tom.

— Oui, je le lui rappellerai avant votre départ. Très bien, vous avez ma bénédiction, répondit Devlin.

Tom essaya de ne pas rire. Leur relation était encore en voie de guérison, et il ne voulait pas contrarier son ami. Si Tom était maintenant dépourvu de capacités magiques, Devlin avait toujours les siennes.

Il pourrait totalement lui botter les fesses s'il le voulait.

— Je la garderai en sécurité, je te le promets, dit Tom en toute sincérité.

— Et heureuse ? demanda Devlin.

— Et heureuse.

CHAPITRE QUARANTE-QUATRE

Tom avait voulu arriver près d'un site que Lola reconnaîtrait immédiatement. Cependant, comme il n'était jamais allé à Paris tout seul, il ne connaissait pas les meilleurs endroits pour arriver par Porte. Une fois que Devlin avait terminé son petit discours de grand frère, il avait suggéré quelques modifications à l'itinéraire de Tom qui permettraient une arrivée et un départ plus discrets.

Ils arrivèrent au Jardin du Luxembourg, sur le chemin derrière l'*Orangerie*. Devlin avait eu raison. L'endroit était désert.

Ils suivirent le chemin jusqu'à l'allée principale qui menait directement à la façade du Palais du Luxembourg. Lola applaudit d'excitation et demanda s'ils avaient le temps pour une visite.

— Ça dépend du temps que tu penses passer au Louvre, répondit Tom.

Lola se mordit la lèvre et fronça les sourcils avec une telle concentration que Tom éclata de rire et dit :

— Tu sais qu'on peut revenir quand on veut, n'est-ce pas ?

Elle se détendit et posa une main sur l'avant-bras de Tom.

— Bien sûr. Faisons la visite rapide et revenons aux endroits qu'on préfère, dit-elle avec bon sens.

Tom posa sa main sur la sienne. Il aimait sentir les doigts de Lola effleurer distraitement les poils de son bras. Il sentit la chaleur de sa main sur sa peau irradier dans tout son corps et détacha son regard de leurs mains pour rencontrer ses yeux.

Lola cherchait quelque chose sur son visage. Vérifiait-elle qu'il était bien Tom ? *Son* Tom. Celui qu'elle avait rencontré à l'Académie il y avait moins d'un an, quand il était encore un innocent gamin de quinze ans et qu'elle sortait tout juste de sa fête des seize ans en Virginie.

Il la laissa regarder sans rien dire. Au lieu de cela, il se tourna complètement vers elle, positionnant ses pieds pour que le bout de leurs chaussures se touche, et prit ses deux mains.

Son regard était comme une caresse. Il commença par le haut de sa tête, s'attardant sur ses cheveux noirs, qui lui arrivaient presque aux épaules maintenant, car il n'avait pas eu de coupe depuis une éternité. La bonne nouvelle était qu'il pouvait désormais glisser derrière son oreille la mèche de cheveux qui lui tombait toujours dans les yeux.

Ensuite, elle examina son front, son regard descendant le long de sa mâchoire, s'attardant sur sa bouche avant de remonter pour rencontrer ses yeux. Il soutint son regard, s'ouvrant autant qu'il le pouvait pour qu'elle puisse voir jusqu'au fond de son âme.

Il essaya de lui faire comprendre à quel point il était désolé pour tout ce qui s'était passé, pour lui avoir causé ne serait-ce qu'un bref moment d'inquiétude ou de doute, pour ne pas avoir été à la hauteur de ses attentes, et pour ne pas l'avoir traitée avec le respect et la dévotion qu'elle méritait.

Ça aurait dû être gênant, se regarder dans les yeux pendant si longtemps, ignorant les passants alors qu'ils se tenaient devant le Palais. Ce ne l'était pas. C'était exactement ce qu'il fallait. Alors que Tom plongeait dans l'âme de Lola, il sentit qu'elle acceptait ses excuses et le libérait de sa culpabilité.

Il sourit. Elle sourit. Son regard s'égara vers sa bouche, qui s'entrouvrit légèrement, prête pour le baiser qu'ils n'avaient pas partagé depuis des semaines mais qui persistait entre eux comme une douleur. Il se pencha et effleura légèrement ses lèvres des siennes. Elle soupira, relâchant ses épaules et se penchant vers lui comme si elle était attirée par une force gravitationnelle invisible.

Tom se sentit se détendre aussi, son corps souple, mais étrangement ancré sur terre pour la première fois depuis des semaines, peut-être des mois. Comme si lui et Lola étaient enracinés à l'endroit où ils se tenaient et que rien ne pouvait les déloger, pas même un ouragan.

Il lâcha ses mains et posa les siennes de chaque côté de sa tête pour approfondir le baiser. Elle s'ouvrit à lui, leurs langues se rencontrant, dansant, s'attardant. Ils s'embrassèrent encore et encore. Ses bras s'enroulèrent autour de lui, le tirant plus près jusqu'à ce que son pied doive se glisser entre les siens pour maintenir son équilibre.

Il passa ses mains dans ses cheveux, massant son cuir chevelu, et ils continuèrent à s'embrasser. Elle passa les siennes de haut en bas de son dos, l'incitant à se rapprocher tandis qu'elle pétrissait les muscles de son bas du dos.

Je ne veux jamais m'arrêter. Je pourrais embrasser cette fille pour l'éternité.

Il la serra contre lui jusqu'à ce que même une plume n'aurait pu se glisser entre eux.

Pareil.

Tom ouvrit les yeux en clignant mais ne relâcha pas les lèvres de Lola.

Tu viens de me répondre ? pensa-t-il.

Ouais, je crois bien, répondit Lola dans sa tête.

Il s'écarta de ses lèvres et prit son visage entre ses mains.

— On vient de communiquer par télépathie ? demanda-t-il.

— Yep, répondit-elle, et elle se penchait pour reprendre le baiser quand ils furent interrompus par des applaudissements et des exclamations françaises de « *Ah, l'amour !* »

Ils se séparèrent et prirent conscience de leur environnement. À moins d'un mètre d'eux, un mime embrassait l'air, les bras enroulés autour de sa partenaire imaginaire.

Les mains de Lola volèrent vers ses joues rougies, et elle secoua la tête, mortifiée. Le visage de Tom était également en feu, et il prit la main de Lola pour l'éloigner du spectacle. Le mime les suivit tout en incitant la foule à applaudir encore.

Tom et Lola attendirent que les gens rassemblés les laissent passer. Le public n'en avait pas tout à fait fini avec eux, alors Tom se retourna et leur fit signe de sa main libre en disant :

— *Merci beaucoup ! J'adore cette fille !*

Il enroula son bras autour de la taille de Lola, la fit basculer en arrière et planta un baiser théâtral sur ses lèvres avant de la relever. Ce n'était pas aussi facile que dans les films, mais personne ne sembla se soucier de sa prestation d'amateur car la foule rugit d'applaudissements. Le visage rouge et à bout de souffle, Tom et Lola saluèrent et s'enfuirent en courant.

Ils descendirent le chemin qui s'éloignait du Palais, passèrent devant la fontaine, jusqu'au jardin proprement dit où ils s'arrêtèrent pour reprendre leur souffle. Ils prirent une boisson chez un vendeur ambulant et s'assirent sur les chaises autour du jardin.

Tu le pensais vraiment ? demanda Lola avec son esprit.

Quoi ? demanda Tom.

Ce que tu as dit avant de me faire basculer, dit-elle.

Que je t'adore ? Absolument ! répondit Tom.

Il se leva et lui tendit la main.

Elle lui sourit, prit sa main et le laissa la relever et l'attirer dans l'un de ses légendaires câlins d'ours.

Ils restèrent ainsi une minute et quand ils se séparèrent, Lola cria :

— *J'adore ce garçon !* avant de planter un baiser sonore sur les lèvres de Tom. Ils éclatèrent de rire mais n'obtinrent pas d'applaudissements cette fois.

— On continue notre visite ? demanda Tom.

— Allons-y. Où va-t-on ensuite ? demanda-t-elle.

— Je pensais à une visite au Panthéon, dit-il.

— Excellente suggestion ! répondit-elle, et ils marchèrent bras dessus, bras dessous.

Pendant les dix minutes de marche jusqu'au célèbre monument, ils discutèrent de la soudaine capacité de Tom à communiquer par télépathie.

— Tu crois que mes pouvoirs se manifestent comme les tiens ? demanda-t-il.

— Je ne sais pas. Quand on les a testés à l'Académie, tu ne semblais pas avoir les mêmes capacités que Devlin et moi, répondit-elle.

— Tu crois que c'était l'anneau ? Il a peut-être interféré avec le processus. Tu as obtenu les tiens quand tu as rencontré Devlin, n'est-ce pas ? Combien de temps après ton anniversaire, c'était ? Tu penses que ça a une importance ?

Il y avait tant de questions. Et si c'était juste un coup de chance ?

Tu m'entends toujours ? demanda-t-il anxieusement.

Oui, Tom. Ne t'inquiète pas. C'est mon boulot, tu te souviens ? répondit-elle.

— D'accord. Peut-être que demain, on pourrait faire d'autres tests. Si tu n'es pas fatiguée de moi d'ici la fin de la journée, dit-il.

— Je ne serai pas fatiguée de toi, dit-elle. Ils étaient arrivés à leur destination et prirent le temps de visiter et de prendre des photos, qu'ils partagèrent avec leurs amis sur le Snapchat de groupe privé qu'ils avaient créé.

Ils se dirigèrent ensuite vers la cathédrale Notre-Dame. Lola était obsédée par les gargouilles, alors ils montèrent les escaliers pour les voir de plus près. Elle lui montra les véritables gargouilles, puis les chimères : la vouivre, la strige et les grotesques, expliquant les subtiles différences entre elles.

— Les chimères sont purement ornementales. Bien qu'elles servent à la protection, elles n'ont pas la même fonction utilitaire que les gargouilles, qui est d'évacuer l'eau de pluie loin du bâtiment.

Une fois qu'elle eut eu son compte de monstres, ils se dirigèrent vers le Louvre pour satisfaire ses autres envies artistiques. Elle s'extasiait devant tout comme la touriste américaine qu'elle était. Chez n'importe qui d'autre, ce niveau d'enthousiasme aurait été agaçant. Mais comme c'était Lola, c'était adorable.

Ils passèrent une heure au sous-sol avec les statues italiennes. Les mains de Lola flottaient aussi près des figures qu'elle osait.

— Je pourrais passer des heures rien que sur cet étage ! dit-elle quand Tom annonça que le musée allait bientôt fermer.

— On peut revenir aussi souvent que tu veux. Tous les week-ends s'il le faut ! répondit-il, et elle gloussa.

— Tu veux jeter un coup d'œil rapide à la Joconde avant qu'on parte ?

— Oh mon Dieu ! Oui ! Comment puis-je venir au Louvre et ne pas voir la Joconde ! s'exclama-t-elle en l'entraînant vers l'ascenseur.

— Ne t'emballe pas trop. Elle est derrière une vitre protectrice et souvent entourée de beaucoup de gens, avertit-il. Il détestait briser sa bulle, mais il valait mieux ajuster ses attentes.

— Ah, oui. Bien sûr, dit-elle, son enthousiasme à peine diminué.

La foule était gérable, et ils purent observer la grande dame sous autant d'angles qu'il fallait pour obtenir une vue qui n'incluait pas de reflet. Lola était satisfaite et ils quittèrent le musée.

Ils marchèrent le long de la Seine, à travers le jardin des Tuileries, jusqu'à atteindre la place de la Concorde. Ils se promenèrent pendant une heure, admirant les sites jusqu'à l'heure d'embarquer sur le Bateau-Mouche pour dîner. Ils longèrent la Seine jusqu'au port d'où partait la croisière fluviale.

À leur arrivée, Lola exprima des inquiétudes concernant sa tenue en voyant le magnifique bateau. Tom lui montra les gens qui embarquaient devant eux. La plupart étaient des touristes habillés aussi décontractés qu'eux.

C'était une croisière de deux heures avec un dîner de quatre plats. Ça faisait du bien de s'asseoir après tant de marche. La croisière les fit passer devant le Louvre, la cathédrale Notre-Dame et la Tour Eiffel, illuminée maintenant que la nuit était tombée.

On leur servit du vin avec leur repas bien qu'ils ne l'aient pas demandé, ni ne s'y attendaient.

— Je ne pense pas que l'un de nous deux ait l'air assez âgé pour passer pour dix-huit ans, dit Lola.

— Les Français ne considèrent pas le vin avec un repas comme de la consommation d'alcool par des mineurs à proprement parler. D'ailleurs, combien d'adolescents vois-tu sur le bateau ? demanda Tom.

Lola regarda les convives autour d'elle. La plupart étaient des couples qui parlaient doucement, se tenant la main et savourant la compagnie l'un de l'autre.

Quand le premier plat arriva, Lola oublia tout le monde, même la vue. Elle était une véritable passionnée de nourriture, et Tom savait qu'elle allait lui offrir un spectacle bien meilleur que celui du groupe qui jouait derrière eux.

— Oh. Mon. Dieu, s'exclama Lola en goûtant le pâté de foie de canard qui était servi avec une garniture d'oignons caramélisés et une truffe. C'est tellement bon !

Au-delà de l'appréciation vocale de Lola pour le repas, ils ne parlèrent pas beaucoup pendant qu'ils mangeaient, contents d'écouter la musique et de s'imprégner de Paris dans toute sa splendeur romantique.

Au moment du café et du dessert, une tarte aux poires et au chocolat qui mit Lola en extase au point que Tom lui offrit la sienne juste pour se baigner dans sa joie culinaire, ils discutèrent de ce qu'ils pourraient faire le lendemain, à part tester les pouvoirs de Tom.

— Je ne veux jamais que cette nuit se termine, dit Tom en se calant dans sa chaise, le ventre plein et le cœur débordant.

— Peut-être qu'elle n'est pas obligée de se terminer, répondit Lola en croisant son regard.

CHAPITRE QUARANTE-CINQ

Le serveur est venu débarrasser la table et a annoncé qu'ils arriveraient au port dans quinze minutes. Cela a donné à Tom quelques minutes pour assimiler ce que Lola venait de dire. Avait-elle dit ce qu'il pensait qu'elle avait dit ? Puis, il s'est demandé si elle pouvait lire dans ses pensées et s'est renfermé.

— Qu'est-ce que tu avais en tête ? a-t-il demandé, espérant avoir l'air décontracté.

Lola a rougi, trahissant ses pensées sans avoir à les exprimer à voix haute ou par télépathie.

La bouche de Tom s'est asséchée, et il a maudit le serveur d'avoir retiré leurs verres d'eau.

Sa voix s'est un peu brisée quand il a dit :

— Ma famille a un appartement à Paris.

Lola n'a pas rompu le contact visuel quand elle a répondu :

— La mienne aussi.

La bouche de Tom s'était maintenant remplie de salive alors qu'il imaginait un nombre incalculable de scénarios où lui et Lola se retrouvaient seuls dans une pièce, une chambre, sans chaperon ni interruption. Il a dégluti de manière audible et s'apprêtait à poser quelques questions complémentaires lorsqu'il a senti quelqu'un le frôler.

Le bateau s'était arrêté, et la moitié des convives étaient déjà partis. C'était au tour de Tom d'avoir les joues rouges tandis qu'il guidait Lola hors du bateau. Ils se sont tenus la main sans parler en retournant vers la promenade le long de la Seine. Comme ils n'avaient pas décidé lequel des appartements ils visiteraient, ni même si c'était une décision judicieuse, Tom s'est arrêté en apercevant un banc libre. Ils se sont assis.

— Notre appartement est près des Champs-Élysées, a-t-il dit en regardant l'eau. Ils se tenaient toujours la main.

— Le nôtre est près de l'Arc de Triomphe, a-t-elle dit.

— C'est plus loin et je parie que Devlin sait où il se trouve, a dit Tom.

— Tu as peut-être raison. Si je ne rentre pas avant minuit, il pourrait bien commencer à me chercher. Même si Phyllis elle-même m'a donné le code du clavier et m'a suggéré que je pourrais vouloir passer la nuit là-bas. Je ne pense pas qu'elle pensait à toi cependant, a souri Lola d'un air narquois.

Tom a pensé qu'ils pourraient facilement se rendre à l'appartement et passer la majeure partie de la nuit ensemble, régler une alarme et être de retour en Virginie avant minuit. Il était vingt-deux heures quarante-cinq à Paris, mais seulement dix-sept heures quarante-cinq chez eux.

Quand il lui a expliqué sa logique, Lola était ravie.

— Et toi alors ? a-t-elle demandé. Tu ne vas pas avoir des ennuis ? Tu ne seras pas fatigué ?

Tom a ri doucement et lui a dit que sa mère était à Milan et ne remarquerait pas quand il rentrerait. Ce n'était pas strictement la vérité, mais il voulait la mettre à l'aise. Il pourrait faire face au mécontentement de sa mère si cela signifiait passer du temps de qualité seul avec Lola.

Tom a serré la main de Lola.

— Tu es prête ?

Elle lui a rendu son étreinte et s'est tournée pour le regarder.

— Pas pour... ça, a-t-elle dit, et il a vu ses joues devenir cramoisies sous la lumière du lampadaire. Mais je suis prête à y aller si c'est ce que tu veux dire.

Elle a fixé l'eau, frottant sa main libre sur son jean dans un geste nerveux.

De son autre main, Tom a placé un doigt sous son menton pour qu'elle lui fasse face à nouveau. Il s'est penché et a déposé un léger baiser sur ses lèvres.

— Tout ce que je veux, c'est te tenir dans mes bras, t'embrasser, et peut-être regarder le lever du soleil en tenant ta main. Tout ce qui va au-delà peut attendre jusqu'à ce que nous soyons tous les deux prêts.

CHAPITRE QUARANTE-SIX

Ils étaient assis sur le toit à cinq heures trente le lendemain matin, emmitouflés dans des couvertures, les mains enroulées autour de tasses de café fort, attendant que le soleil se lève. Ils étaient assis hanche contre hanche, bougeant en harmonie tandis qu'ils partageaient un paquet de biscuits rassis et une boîte de pêches qu'ils avaient trouvés dans le garde-manger.

Tom avait envoyé un message à sa mère la veille pour lui faire savoir qu'il passerait la nuit chez un ami. Elle était si heureuse qu'il ait pris la peine de la prévenir qu'elle avait oublié de poser des questions supplémentaires. Elle était aussi légèrement éméchée, ce qui aidait toujours. Il lui avait suggéré de rester la nuit à Milan et elle avait trouvé que c'était une idée merveilleuse.

Lola avait envoyé un message à Phyllis pour lui dire qu'elle rentrerait après minuit et qu'elle ne dormirait pas dans l'appartement parisien.

Quand Devlin lui avait envoyé un message à minuit pour lui demander pourquoi elle n'était pas encore rentrée, elle avait répondu qu'elle rentrerait quand bon lui semblerait et qu'elle était parfaitement capable de protéger sa propre vertu, merci bien.

Heureusement, leur connexion télépathique ne portait pas aussi loin, et elle n'avait pas eu à écouter un sermon sur les intentions des garçons.

Elle avait éclaté de rire quand il avait enchaîné avec un message à Tom qui disait :

Touche-la et tu es mort.

Tom n'avait pas ri et avait renvoyé la seule réponse possible.

Dûment noté.

Puis ils avaient tous deux ri et jeté leurs téléphones pour se concentrer sur le lever du soleil.

Une fois leur collation terminée, ils avaient rangé et s'étaient dit bonne nuit. Le plan était de dormir un peu dans leurs lits respectifs et de se retrouver chez Lola après le petit-déjeuner.

— Je pense que la projection astrale va prendre du temps à maîtriser, dit Lola après la troisième tentative infructueuse de Tom.

— La bonne nouvelle, c'est que c'est quelque chose qu'ils enseignent à Harding, donc je devrais peut-être continuer à suivre mes cours de magie, répondit Tom.

L'autre bonne nouvelle, c'est que Lola et toi aurez un peu de distance pendant la semaine, pensa Devlin.

Mec, il ne s'est rien passé. Je te jure ! répondit Tom dans son esprit.

Cette expérience avait été concluante. Tom pouvait communiquer avec Devlin également, à son grand dam. Devlin s'amusait beaucoup à le réprimander par des pensées privées dirigées uniquement vers Tom.

Cela avait demandé un peu de pratique, mais ils avaient réussi à avoir une conversation à trois. L'astuce consistait à inclure intentionnellement les deux personnes en s'adressant à elles.

Et si la projection astrale avait été un échec, Tom avait réussi la télékinésie, aussi faible soit-elle.

Il pouvait déplacer de petits objets de quelques centimètres, loin de pouvoir jeter un bureau entier à travers la pièce, mais c'était un bon début. Tom s'entraînerait et s'améliorerait.

Inspirée par les nouvelles capacités de Tom, Phyllis demanda à être testée ensuite.

— Si vous avez tous des pouvoirs, je ne vois pas pourquoi ton père et moi n'en aurions pas aussi. Si tout ce qui empêchait vos pouvoirs était un sort de liaison, je suppose que le sort a été levé pour tous les Evers, pas seulement pour toi, dit-elle à Lola, Devlin et Tom après le déjeuner.

Étant une adepte chevronnée de la méditation, elle maîtrisa la projection astrale en un rien de temps et fut ravie de communiquer avec les jeunes par télépathie. Quand elle appela une bouteille à elle et qu'elle traversa la pièce en volant, elle dit : — Oh, ça va être tellement pratique avec les bébés !

Boris, qui venait d'entrer par la porte d'entrée, demanda : — Qu'est-ce qui va être pratique ?

— Regarde ça, chéri, dit Phyllis avec son accent du sud traînant tandis qu'elle prenait une pomme du panier de fruits et l'envoyait vers Boris avec son esprit.

Boris regarda la pomme flotter dans les airs entre eux et tendit la main pour la saisir quand elle fut à portée. — C'est extraordinaire ! Comment as-tu fait ça ? demanda-t-il avec son fort accent russe, s'émerveillant toujours de la pomme qu'il tenait dans sa main.

— Je te le dirai plus tard, dit-elle avec un clin d'œil.

— Oui, oui, répondit-il distraitement en s'approchant pour l'embrasser sur la joue et remettre la pomme dans le panier.

— Penses-tu que les jumeaux peuvent faire ça aussi ? demanda-t-il.

Phyllis blêmit et sa main vola vers sa bouche. — Nom d'un petit bonhomme ! Je n'y avais pas pensé !

Elle se dégagea péniblement de sa chaise et quitta précipitamment la pièce, s'arrêtant brièvement à la porte pour dire aux enfants de passer un bel après-midi, incarnation même de l'hospitalité du sud.

— Boris ? appela-t-elle.

— J'arrive, ma douce, dit-il et, avec une révérence, laissa les jeunes débarrasser la table tandis qu'il se précipitait après sa femme affolée.

Ils débarrassèrent la vaisselle et remplirent le lave-vaisselle. Devlin s'excusa en disant qu'il retrouvait Sara, sa petite amie, pour quelques heures avant qu'il ne soit temps de retourner à l'école.

Lola raccompagna Tom. Il devait être de retour à Harding avant dix-huit heures s'il ne voulait pas manquer le dîner, ce qui était ridicule puisqu'il venait juste de déjeuner. Ils rirent des particularités de la vie magique et s'embrassèrent un peu avant qu'il ne doive vraiment partir.

Leur expérience à Paris les avait tous deux guéris de leur aversion pour les démonstrations d'affection en public et ils étaient prêts à s'embrasser n'importe où, n'importe quand ils pouvaient mettre la main l'un sur l'autre.

Devlin avait eu raison cependant. Être dans des écoles séparées leur fournirait une distance bien nécessaire. Aussi douloureux que ce soit d'être loin de Lola toute la semaine, Tom savait qu'ils réussiraient tous deux mieux dans leurs études s'ils n'étaient pas collés l'un à l'autre, ou plutôt, par les lèvres.

Au début de leur relation, ils avaient dû concentrer une année de cours en quatre mois pour pouvoir commencer l'université au semestre d'hiver. Comme c'était leur première vraie relation, passer du temps ensemble à étudier et garder les choses au niveau PG-14 leur avait suffi.

Ensuite, ils avaient été trop occupés avec toute cette folie pour y accorder beaucoup de réflexion. Ou, s'ils avaient pensé à passer à l'étape suivante, ils n'en avaient certainement pas eu l'occasion.

Les choses étaient différentes maintenant. Ils avaient libéré la bête, pour ainsi dire. Le voile de l'innocence avait été levé, et ce n'était qu'une question de temps avant que leur histoire d'amour ne devienne classée R.

Sur cette pensée, Tom serra les fesses de Lola avant de la laisser partir, jaugeant sa réaction.

— Ne commence pas quelque chose qu'on ne peut pas finir, Tom Callahan, dit-elle, les mains sur les hanches, mais avec un sourire en coin.

— J'adore quand tu me parles comme ça, répondit-il, et elle éclata de rire. Il lui donna un autre baiser à couper le souffle et sortit sa Clé.

— Garde cette pensée pour la semaine prochaine, dit-il en lui faisant signe de la main depuis sa chambre à Cork. Quand elle fit mine de le suivre, il lui envoya un baiser et ferma la porte.

La dernière chose qu'il entendit fut Lola qui le traitait d'allumeur, et il rit doucement.

CHAPITRE QUARANTE-SEPT

Le semestre passa à toute vitesse, et Tom n'arrivait pas à croire à quel point les choses se passaient bien avec Lola.

Il avait passé les derniers mois à partager son temps entre ses anciens amis et ses nouveaux amis.

Bien que lui et Lola passaient autant de temps seuls que possible, ils ne voulaient pas devenir ce genre de couple qui ignore ses amis.

Chaque week-end, ils équilibraient leur temps entre la famille, l'un et l'autre, et leurs amis.

Il y avait toujours une fête ou une réunion quelque part, organisée soit par leurs amis Voyageurs, soit par les nouveaux amis de Tom à Harding.

Arturo, Zaina et Benny avaient immédiatement accepté Lola, mais le jury n'avait pas encore rendu son verdict concernant Devlin. Il était simplement trop guindé et coincé pour eux. Cependant, une fois que Benny et Devlin avaient découvert qu'ils étaient tous deux passionnés de cinéma et d'art, une nouvelle amitié était née.

Environ une semaine avant les examens finaux, Tom reçut un visiteur inattendu à l'Académie Harding. Il descendit au salon des visiteurs pour trouver Alistair qui l'attendait.

Ils prirent une boisson et s'assirent.

— D'abord, j'aimerais m'excuser pour la façon dont les choses se sont passées lors de notre première rencontre. J'étais désolé de t'avoir trompé parce que je pensais que nous nous serions bien entendus si cette histoire de Maître maléfique n'était pas intervenue, commença Alistair.

— C'est compréhensible, répondit Tom. Il n'allait pas dire à ce type qu'il avait espéré être encadré par quelqu'un qu'il avait immédiatement admiré.

— Je pensais que tu pourrais être intéressé par une mise à jour de la situation. Je ne suis pas censé partager les détails de l'enquête en dehors de l'OFM ou du CEMB, mais je pense que tu mérites la vérité et je suis sûr que je peux compter sur ta discrétion, dit-il.

— J'apprécie et, oui, je promets de ne rien dire, répondit Tom.

— Comme tu le sais, Le Maître s'est avéré être Brendan Callahan, ton grand-père. Avant qu'il ne simule sa propre mort, son testament désignait ton père comme son héritier, et il a hérité de toutes les propriétés et actifs qui y figuraient.

Quand Brendan a hérité de notre arrière-grand-père, il a gardé la maison familiale et la plupart des actifs, mais a donné à Brian, son jumeau et mon grand-père, un domaine plus petit et une généreuse somme d'argent. Il a également mis de côté une dot généreuse pour leur sœur, que tu dois savoir être la grand-mère de Jameson, dit Alistair. Il fit une pause pour laisser Tom absorber cette nouvelle.

— Est-ce que tu parles du Jameson auquel je pense ? demanda Tom en mimant un visage défiguré.

Alistair hocha la tête.

— Oui, nous sommes tous cousins issus de germains.

— Est-ce qu'il le savait quand il m'a attaqué en février dernier ? demanda Tom.

Alistair haussa les épaules.

— Difficile à dire. Ce que je sais, c'est que Brendan/Brön a laissé le contrôle de son entreprise à nous trois.

— Quoi ? C'est fou, nous sommes juste des gamins. Sans vouloir t'offenser, mais tu as quoi, vingt-deux ans ? Et Jameson ne peut pas avoir plus de dix-huit ans, dit Tom.

— Je ne le prends pas mal. Et tu as raison sur nos âges. Comme je suis le seul d'entre nous qui a plus de vingt et un ans et que j'ai été directeur général par intérim ces trois derniers mois, et vu que j'ai fait du bon travail, le Conseil m'a élu comme DG. J'ai accepté le poste.

— Donc, tu diriges tout maintenant ? Qu'en est-il de ton travail à l'OFM ? demanda Tom.

— Je ne dirige pas tout. Le PDG s'occupe des opérations quotidiennes. En tant que Directeur Général, je représente les propriétaires, le Conseil et les actionnaires et je m'assure que le PDG suit nos directives. Quant à mon travail à l'OFM, j'en étais assez ennuyé avant de prendre cette mission. Cependant, maintenant que j'ai goûté au travail de terrain « actif », je dois admettre qu'il requiert un niveau de courage que je ne possède peut-être pas. De plus, j'ai rencontré quelqu'un, dit Alistair, un sourire timide apparaissant sur ses lèvres.

— C'est super. Est-ce quelqu'un de l'entreprise ? demanda Tom.

— Oui, il fait partie de l'équipe RH. Quand j'ai été embauché, il y avait des tâches où j'interagissais avec une personne anonyme. Quand on nous a finalement présentés, il m'a dit que j'avais un esprit exceptionnel. Je suis faible face aux compliments, dit-il, rougissant légèrement.

— C'est génial. Je suis content pour toi. J'imagine que le métier d'agent secret était un travail solitaire, répondit Tom.

— Oui, ça l'était. Quoi qu'il en soit, le Conseil a des conditions et aimerait te rencontrer, toi et Jameson, dès que possible.

— Des conditions ? demanda Tom.

— Ils passeront en revue chacune d'elles avec toi lors de la réunion, mais essentiellement, ils refusent de signer des chèques à quelqu'un qu'ils n'ont jamais rencontré. De plus, ils s'attendent à ce que tu assistes à au moins trois réunions annuelles du Conseil et que tu participes à un stage d'été l'année où tu obtiendras ton diplôme universitaire, dit-il.

Tom ne dit rien pendant un instant. Puis, il se gratta la tête et fronça les sourcils.

— Attends une minute. Quand tu dis que Brendan a laissé le contrôle de l'entreprise à nous trois. Tu veux dire qu'il veut que nous la dirigions ensemble ? demanda-t-il.

— Techniquement oui, mais nous n'avons pas besoin d'être impliqués au-delà de la participation aux réunions du Conseil. J'aime simplement le travail.

— Et tu as parlé d'encaisser des chèques. Tu veux dire qu'on sera payés qu'on y travaille ou non ? demanda Tom.

— Oui, à condition que tu aies fait un effort pour apprendre à connaître l'entreprise et que tu t'impliques dans les décisions pendant les réunions du Conseil, tu recevras ta part des bénéfices.

— Un tiers ?

— Pas exactement. Nous trois possédons cinquante et un pour cent de l'entreprise. Le conseil en possède quarante pour cent, et le reste appartient publiquement aux actionnaires.

Tom hocha la tête.

— D'accord, et le stage. C'est dans l'espoir qu'on y travaille ?

— Oui et non. Tu pourrais si tu le voulais, et tu serais payé un salaire généreux si tu étais embauché, mais en fin de compte, c'est pour que tu aies une connaissance pratique de ce que nous faisons là-bas, répondit Alistair.

— Et que faisons-nous là-bas, exactement ? demanda Tom.

— Tu devras assister à une réunion du Conseil pour le savoir, dit Alistair, sur un ton malicieux.

— D'accord, une dernière question.

— Je t'écoute.

— Est-ce que je dois assister à la même réunion du Conseil que Jameson ? Je ne pense pas être prêt à le voir tout de suite, répondit Tom.

— Non, ce n'est pas obligatoire. Et je comprends tout à fait. Venons-en maintenant aux informations classifiées.

Alistair poursuivit en disant que l'enquête qui avait commencé avec l'enlèvement de Phyllis Evers était enfin close. Tous les coupables avaient été arrêtés, y compris Jameson et son père, les deux conspirateurs manquants dans les vols d'artefacts. Le CEMB avait été clément avec Jameson en raison de son âge, et il avait été envoyé dans une école de réforme magique en Alaska pour terminer son diplôme en finance. Son père purgeait sa peine à La Forteresse.

CHAPITRE QUARANTE-SEPT

— Je suppose que je ne vais pas croiser mon nouveau cousin de sitôt, dit Tom.

— Non, rassure-toi. Tu seras également heureux d'apprendre que Brön le Chasseur de Sorcières ne réapparaîtra pas accidentellement. Son tube a quitté La Forteresse la semaine dernière avec l'un des professeurs de ton Académie, le Professeur Thunderbolt. Le Directeur Lianon a ouvert un Portail pour qu'il puisse l'emporter hors de la planète et s'assurer qu'aucun humain n'héberge plus jamais cette forme spécifique de mal.

— C'est bon à savoir.

Alistair fouilla dans sa poche et sortit un petit sac noir en feutre, qu'il tendit à Tom.

— Qu'est-ce que c'est ?

— Ouvre-le.

Tom défit les cordons et retourna le sac à l'envers au-dessus de sa main. Une pierre rouge glissa. Il lança un regard interrogateur à Alistair.

— C'est le grenat de la bague de ton père. J'ai pensé que tu voudrais peut-être l'avoir. La pierre n'a pas fondu avec la bague.

Tom laissa immédiatement tomber la pierre sur le sol et s'en éloigna.

Alistair leva une main pour le rassurer.

— Ne t'inquiète pas, elle a été examinée par pas moins de cinquante spécialistes, à la fois humains et magiques. Ce n'est plus qu'une jolie pierre maintenant, dit-il en ramassant la pierre et en la remettant dans le petit sac en feutre.

— Je n'en veux pas, dit Tom, regardant avec méfiance la main tendue d'Alistair.

— Tu n'es pas obligé de la porter. Tu pourrais peut-être la mettre dans ton coffre à la maison. Tu pourrais même la vendre, suggéra-t-il.

Tom prit le sac et le tint délicatement par les cordons. Il donnerait le sac au Directeur Lianon la prochaine fois qu'il le verrait et lui demanderait de le mettre en lieu sûr.

— Quoi qu'il en soit, maintenant que je ne suis plus dans le métier d'espion, j'ai pensé qu'il serait agréable d'avoir une vie. Serais-tu intéressé pour qu'on se retrouve à un moment donné pendant l'été ? demanda Alistair. Il avait l'air maladroit, et incertain que la branche d'olivier serait acceptée.

— Est-ce que tu aimes la randonnée par hasard ? demanda Tom.

Le visage d'Alistair s'illumina.

— Oui, en effet. Comment le savais-tu ?

— Je ne le savais pas. J'aimerais faire l'ascension d'une montagne en Amérique, et je n'ai jamais fait de randonnée. Ce serait une bonne idée d'avoir un expert avec moi, dit Tom aussi nonchalamment qu'il le pouvait.

Alistair essaya de rester détaché, mais il n'y parvint pas.

— J'adorerais faire de la randonnée avec toi, Tom. Mais il y a sûrement plus qu'assez de montagnes au Royaume-Uni et en Europe pour nous occuper pendant de nombreuses sorties.

Quand Tom expliqua que c'était pour honorer la mémoire de Mandy, Alistair avait accepté sur-le-champ.

Avec un peu de chance, ce serait la première de nombreuses aventures que les cousins partageraient.

CHAPITRE QUARANTE-HUIT

En juillet, pendant que Lola et Devlin suivaient leurs deux semaines de cours de magie à Harding, Tom passait ces deux semaines à L'Académie pour apprendre les tenants et aboutissants de la Gardienneté.

Ils avaient convenu d'attendre la fin de leurs cours d'été pour décider de la suite concernant leur scolarité.

Tom voyait maintenant l'intérêt de poursuivre ses études à Harding et il espérait que Lola et Devlin arriveraient à la même conclusion. La difficulté, pour eux, était que leur père travaillait à L'Académie et que c'était le seul endroit où ils pouvaient passer du temps avec lui, en raison de son état. De plus, en tant qu'étudiant en art, Devlin avait l'occasion de passer encore plus de temps avec son père puisqu'il était l'un des professeurs d'art là-bas.

Maintenant qu'il avait constaté qu'ils pouvaient faire fonctionner leur relation, même s'ils ne fréquentaient pas la même université, Tom ne s'inquiétait plus. Il voulait que Lola prenne la meilleure décision pour elle-même et il savait qu'elle était assez mature pour ne pas se laisser influencer par ses tentatives de persuasion.

Entre-temps, Tom avait demandé une audience avec le directeur Lianon. Son objectif était de convaincre le Haut Elfe de l'inviter aux

Îles d'Été pour tester ses pouvoirs. Maintenant que même Phyllis Evers avait des pouvoirs, et qu'ils avaient écarté la Magie de sang comme source des nouvelles capacités de Tom, il espérait que le directeur reconsidérerait la question.

Tom faillit s'étouffer avec son thé quand Lianon non seulement accepta, mais se leva, pointa sa fenêtre-Portail et suggéra qu'ils partent sur-le-champ.

— Maintenant ? demanda Tom.

— Oui. Une fois que vos capacités auront été testées et, espérons-le, amplifiées, j'ai pensé que vous pourriez m'aider avec une affaire épineuse, dit le directeur.

Aussi fier qu'il fût que le directeur puisse avoir besoin de son aide pour quelque chose, Tom n'arrivait pas à imaginer de quoi il pourrait s'agir.

— Moi, Monsieur ? Comment pourrais-je aider ?

— Vous vous souvenez du professeur Thunderbolt ? demanda le directeur.

Immédiatement, Tom ressentit un malaise au creux de l'estomac.

— Oui...

— Il est parti en mission sur sa planète natale il y a quelques semaines, mais il n'est pas revenu. Je m'inquiète pour lui.

— Est-ce là qu'il a emmené le conteneur avec les... euh... restes du Maître ? demanda Tom, la bile lui montant à la gorge.

— Comment le savez-vous ? demanda Lianon.

— Je ne suis pas autorisé à le dire, et j'apprécierais que vous ne sondiez pas mon esprit pour le découvrir, Monsieur, répondit Tom.

Le directeur fut surpris par la demande de Tom mais l'honora néanmoins.

— Oui, c'est là qu'il a emmené le... ah... conteneur.

— Je vois, dit Tom, bien qu'il ne comprenne toujours pas.

— J'ai peur qu'il y ait plus, Tom.

Tom le savait avant même que le directeur ne le dise. Il regarda vers le tableau au-dessus de la cheminée où se trouvait le coffre-fort du directeur.

— Quelqu'un a pris le grenat. J'ai raison ?

— Je plaisanterais volontiers sur l'amélioration de vos pouvoirs de divination, mais j'ai bien peur que ce ne soit pas matière à rire.

Tom ne répondit pas. Aussi terrible que cela puisse être d'imaginer Brön en liberté sur une autre planète, cela ressemblait quand même à une victoire pour lui.

— Ne devrions-nous pas espérer que le professeur Thunderbolt ne revienne pas, Monsieur ? dit-il.

— En effet, mais comme la pierre a été prise des semaines après le départ du professeur Thunderbolt, je ne suis pas tout à fait prêt à relier les deux incidents. D'autant plus que le voleur a pris un autre objet que je préférerais récupérer dès que possible, expliqua Lianon.

— Vous voulez que je récupère cet objet ? Que je retrouve le professeur Thunderbolt et que je m'assure qu'il va bien ? Pourquoi ne pouvez-vous pas y aller vous-même ? demanda Tom, impatient d'avoir des réponses maintenant.

— Oui, oui, et parce que les gens de mon espèce ne sont plus les bienvenus sur Lantil, dit-il lentement.

— Votre *espèce*, Monsieur ?

— Les personnes qui peuvent entrer sur leur planète sans invitation.

Tom se frotta le front, perplexe.

— Quel était l'objet qui a été pris dans votre coffre-fort, Monsieur ? demanda Tom, essayant de comprendre.

— C'était la Sphère de Saut Mondial de Devlin. Il me l'avait confiée pour la garder en sécurité avant de partir à Harding pour ses cours d'été.

Tom pensa que cela ne ressemblait pas à quelque chose que Devlin ferait, mais il y reviendrait plus tard.

— Vous pensez donc que celui qui l'a prise l'a utilisée pour se rendre sur Lantil ? demanda Tom.

— Je ne le pense pas, je le *sais*. Nous pouvons localiser les Sphères depuis les Îles d'Été. Celui qui l'a prise s'y trouve toujours, dit le Haut Elfe.

— Et comment reçoit-on une invitation pour Lantil ? demanda Tom.

— Tom, est-ce que Lola et Devlin vous ont parlé de leur séjour aux Îles d'Été ? demanda Lianon avec ce qui semblait être une patience forcée.

Il hocha la tête.

— Alors vous saurez que dès votre arrivée, d'un simple toucher, je pourrai répondre à toutes vos questions et vous aurez accès à toutes les connaissances dont vous avez toujours rêvé. Maintenant, avez-vous besoin d'appeler votre mère avant que nous partions ? Je peux demander à Lady Samsara de s'en occuper pour vous, dit-il, se dirigeant vers la fenêtre-Portail dans le coin de son bureau.

— Bien sûr, je suppose que nous pouvons y aller alors, dit Tom en suivant le Haut Elfe jusqu'au Portail. Il s'arrêta devant l'autre fenêtre, celle qui donnait sur le domaine de L'Académie. Il ressentit l'attraction de l'école et de son directeur qui avait toujours été là pour lui.

Il se sentit à nouveau tiraillé entre ses allégeances jusqu'à ce qu'il réalise qu'il n'avait pas à choisir. Il faisait partie à la fois de la communauté des Voyageurs et de celle des Sorciers. Il n'avait pas à choisir, il pouvait combiner.

Tout prenait sens maintenant. Étudier les relations internationales, c'était construire des ponts entre les communautés et tirer parti de leurs forces combinées. Les Hauts Elfes n'interféraient pas avec la vie des humains, qu'ils soient magiques ou non. Mais Tom pouvait le faire, il pouvait au moins essayer de rendre le monde meilleur pour tous. Non pas par la domination, mais par la diplomatie.

Lola, Lianon m'emmène enfin aux Îles d'Été ! pensa-t-il.

Cool, quand partez-vous ?

Maintenant ! Et je ne sais pas quand je reviendrai.

Oh, d'accord... Amuse-toi bien alors et salue Aeriearie de ma part.

Je n'y manquerai pas. J'adore cette fille !

J'adore ce garçon !

Le directeur Lianon s'éclaircit la gorge et Tom sursauta.

— Pouvons-nous ? demanda-t-il, montrant le miroitement tourbillonnant au-delà duquel un tout nouveau monde l'attendait.

Tom sourit. — Juste derrière vous, Monsieur.

CHAPITRE QUARANTE-HUIT

FIN
Merci d'avoir lu la trilogie Magie de Sang !

Si vous avez aimé ce livre, merci de laisser un avis sur Goodreads ou chez votre libraire préféré. Les avis m'aident à atteindre de nouveaux lecteurs.

Vous voulez encore plus d'aventure ?

Vous vous demandez ce qui est arrivé à Tom et Lianon — et pourquoi Tom s'est retrouvé là où il ne s'y attendait pas ?
Déverrouillez l'**Épilogue Bonus — gratuitement** !
https://BookHip.com/TAKVBHJ
Nouveaux alliés, révélations surprenantes et un choix qui change tout...

Vous aimez Tom, Lola et Jackson ? Envie de poursuivre l'aventure ?

Découvrez comment tout a commencé avec **La clé des ancêtres**, le premier tome de *La série Evers* !
(*Secrets de famille, magie ancestrale et origines des Clés de Voyageurs !*)

Déjà lu ?

Continuez l'aventure avec La clé perdue — qui se déroule dix ans après *la trilogie Magie de Sang* et *la série Evers* !
(*Romance, héritages mystiques et nouveau destin au programme !*)

À PROPOS DE L'AUTEURE

Des histoires positives et inspirantes.

Marie-Hélène vit à Sherbrooke, au Québec. Enseignante à la retraite, elle consacre désormais ses journées à l'écriture et à la promotion de ses oeuvres. Elle aime lire, voyager et aller à la plage. Chaque année, elle part un mois en solo vers une nouvelle partie du monde.
www.mhlebeault.com

Suivez-la sur les réseaux sociaux !

facebook.com/mhlebeaultauthor

x.com/mhlebeault

instagram.com/mhlebeault

amazon.com/author/mhlebeault

bookbub.com/authors/marie-helene-lebeault

goodreads.com/mhlebeault

linkedin.com/in/mhlebeault

tiktok.com/@mhlebeaultauthor

Autres livres de l'auteure

La série Evers - Littérature jeunesse fantastique

La clé des ancêtres

L'académie

La marcheuse du temps

Le voyageur des mondes

Magie de sang - Littérature jeunesse fantastique

Mage de sang

Magie de sang

Héritage de sang

Il était une malédiction - Romance fantastique

Une malédiction de neige et de cendres

Une malédiction d'épines et de torpeur

Une malédiction de verre et d'ombres

Une malédiction d'argent et de blessures

Hors série

Les douze vies de Clare - Réalisme magique

Utopie - Science fiction

Chroniques des cadets interstellaires - Science fiction

Frisson nocturenes - Horreur léger

Défenseurs du Royaume - Littérature jeunesse fantastique

Le combat de la flamme sacrée (Gratuit)

Traduction des 11 tomes prévue pour 2026

Université du Pôle Nord - Romance Paranormale

Métamorphes de Noël

Cœur de givre

Baiser de lumière

Maléfice d'hiver

Regard de feu

Fée grand-mère - Albums jeunesse pour les 3 à 7 ans

Mimi visite l'Antarctique

Mimi visite le Pôle Nord

Mimi visite la Chine

Mimi visite l'Afrique

www.ingramcontent.com/pod-product-compliance
Lightning Source LLC
Chambersburg PA
CBHW020832260626
47169CB00003B/947